Dirk Bernemann

Ich hab die Unschuld kotzen sehen

Teil 3
Hoffnung ist Betrug

– Anti-Pop –

2. Auflage April 2011
Titelbild: Fabian Ziegler, bearbeitet von Nadja Riedel [d]-ligo
Bildquelle: www.photocase.de

Lektorat: Franziska Köhler
Satz: nimatypografik

ISBN: 978-3-86608-134-5

Hat Dir das Buch gefallen? Schreib Deine Meinung an gelesen@ubooks.de

Möchtest Du über Neuheiten bei Ubooks informiert bleiben?
Einfach eine Email mit Deiner Postadresse an:
katalog@ubooks.de

Ubooks-Verlag | Wellenburger Str. 1 | 86420 Diedorf

www.ubooks.de

Inhalt

Vorwort

Im Alter, so hörte ich letztens, stellt sich eine gewisse Genugtuung ein, die mein Leben auf der Deponie der gut gezielten Reizworte wohl rechtfertigen könnte. Zurückgelehnt lag ich da und schaute dem Fluss beim Fließen, den Mädchen beim Lächeln und den Hunden beim Kacken zu. Ein ruhiges Leben auf einer Veranda zu führen und anderen bei der Rotation ihrer Herzen zuzusehen, erhellte mir die Tage.

Aber so ruhig die Ruhe auch war, so unruhig war ich innerlich; das typische Gefühl, das entsteht, wenn man schreiben MUSS! Und? Also? Ja? Weitermachen, brüllte mich mein unbändiger Wille an, und ich entgrub mich aus der Verbuddelung, die ich selbst verschuldet hatte, und lief ein Stück.

Da laufe ich jetzt also wieder auf der abgeranzten Start- und Landebahn, die ich für meine Gedanken gefunden habe. Hier kommt alles, was sturzfliegerisch auf mich hereinbricht, als oberelegante Wortveranstaltung wieder heraus. Dies ist mein scheiß Theater, mein volltrunkenes Kino, meine subversive Konzertbühne, und das Licht geht immer wieder aus und später wieder an und in der Zwischenzeit passieren in irgendwelchen Leben Dinge, mit denen Umgang gepflegt werden muss.

«Komm Baby, ich mach dich zum Zeugen irgendwelcher Leben», so höre ich mich schon wieder singen und auch tanzen dazu, denn meine Poesie hielt ich ja immer auch für so musikalisch, dass sie zumindest so was wie einen Beat hat, der sich vom entspannten Walzer zum unentspannten Amokpogo weiterentwickeln kann. Alles eine Frage der Einlassungsfähigkeit.

Diese Literatur ist ein Werkzeug. Damit operiere ich mich selbst am offenen Herzen, wofür ich manchmal harte Gegenstände benutze, um Gefühle aus meinem Ich zu prügeln, die nach Öffentlichkeit schreien. Und da stehen sie dann, diese Gefühle. Sieht aus wie eine Ausflugsgruppe der örtlichen Sonderschule, aber alle haben den Bedarf, etwas zu sein und sich in ihrem Bereich Geltung zu verschaffen.

Beim Schreiben dieser Zeilen brüllte mich mein Feingefühl an. Und es ruft laut, wie das Feingefühl nun mal brüllt, und es verlautbart:

«Das Bald ist das Jetzt der Mutlosen
und das Jetzt ist in der Gewalt der Wutlosen.»

Und das trieb mich an, das Projekt zu beschleunigen, und ich wollte wieder Blutgeschmack im Mund vom Scherbenessen oder einfach nur vom Durchatmen in der Hölle. Ich bin es meiner Sensibilität einfach schuldig, an irgendeinem Punkt, an dem ich aufgehört habe irgendwas zu tun, auch einfach mal liegen zu bleiben. Aber auch der Punkt des Wiederaufstehens darf nicht verpasst werden.

Um meiner eigentlichen Existenz als verwirrte und enthronisierte Kultfigur gerecht zu werden, griff ich auf eine Taktik zurück, die schon etliche Popstars vor mir wählten. Rückzug und dann Wiederangriff. Ich zog mich also zurück, plante nicht viel, außer Toilettengänge und Widerstandskämpfe, und dadurch entstand fast wie von selbst die abartig überirdische Lust, den Leuten nochmal zu zeigen, was der Slogan «Unschuld kotzen» wirklich bedeutet. Denn ich bin im Lauf der Zeit so vielen Fehlinterpretationen begegnet, dass ich angefangen habe, es zu lieben fehlinterpretiert zu werden.

Gedacht, geschrieben, fertig. Storys aus der Mitte des äußeren Randes. Kurz und schmerzvoll. Denn das hier ist die großartige, schmerzhafte und wunderbare Sache, die sich Leben nennt! Und wir stehen an der Front und sehen dem Leben beim Passieren zu. Und ich steh so rum und spüre den Wunsch, an meinen Eingeweiden zu kleben, ein Problem darzustellen, das nicht wegzuignorieren ist.

Also, seien Sie bereit, dies ist für Sie, für mich, wieder für alle, die es wissen wollen. Und nennen Sie mich, wie es Ihnen behagt, ich bin immer noch der Elefant sensible im deutschsprachigen Literaturprollzellanladen.

Irgendjemand hat mal gesagt, meine Geschichten zu lesen sei wie mit einem geliebten Menschen im Arm und einem kuscheligen Gefühl im Herzen einer brennenden Stadt von einem Hügel herab beim Kaputtgehen zuzusehen. Ich finde das wunderschön.

In vollendeter Genugtuung,

Ihr Lieblingsautor,
Dirk Bernemann

Das Gelächter der Geschlechter

Ulf schloss seine Kneipe auf und die ersten zwei Stunden war alles leise. Er wählte die Howard Carpendale-CD aus, um dem Abend die musikalische Brisanz zu geben, nach der so ein Abend zu verlangen schien. Obwohl Brisanz, so dachte Ulf, Brisanz war doch was ganz anderes als das, wovon der Howard da sang. Brisanz müsste doch irgendwo prickeln, dachte Ulf, stellte den Howard etwas lauter und wartete auf ein Prickeln, das irgendwo in ihm stattfinden könnte. Es blieb ruhig in Ulf.

Die paar Alkoholiker, die immer schon sehr früh kommen, die musste man immer vor der Bestellung nach dem Geld fragen und es sich am besten auch zeigen lassen. Das wusste Ulf, er hatte Erfahrung in dem Job – leider sah er auch so aus. Er hatte ein Kneipenerfahrungsgesicht, sah beschädigt aus von dem, was junge Menschen «Nightlife» nannten und Ulf «Leben». Ulf sah aus wie ein Geschöpf, das sich selbst im Dunkeln verstecken mag. Bei Tageslicht funktionierte er nicht, der Ulf, nächtens hatte er die Funktion eines Schankwirts inne und das rechtfertigte seine Existenz, dachte er bei sich.

Ab 22 Uhr kamen immer mehr Leute, vielen verstreuten Einsamen bot Ulf an seinem Tresen Platz. Effiziente Trinker, verzweifelte Frauenverschnitte, selbstmitleidige Jungspunde, die typische Kneipenbesetzung. Direkt am Tresen saß ein Paar, das sich gerade erst kennengelernt hatte.

«Immer diese Enttäuschungen, die so zahlreich daher kommen.» Karins Sprache war gewählt, sie selbst gepflegt, sie tippte mit manikürten Händen am Tresen entlang und ließ es klingen als ritte dort ein Playmobilpony des Weges. «Ja ja, schlimm.» Martins Beipflichtung war eine Empathievortäuschung, die Männer seines Formates gerne kundtun, wenn sie sich auf dem direkten Weg in Vaginen befindlich glauben.

Karin, Erzieherin, chaotisch, vergesslich, tollpatschig. Mal Tier, mal Kind, und ein Leben in der kleinen Handtasche, das in Unordnung geraten schien. Unter der intimen Kneipenbeleuchtung unterhielten sie sich miteinander, die Zärtlichkeit eines Rausches beschützte sie vor der Wirklichkeit. Wohl ein Monster, diese Wirklichkeit, die nächtens anders brüllt als bei Tageslicht. Der Abend machte sie schön, die Karin, nur der Abend. Hinter dem Tresen zapfte einer Bier, der nur Ulf heißen konnte, weil er wie ein Ulf aussah. Karin sah das an, was Ulf sein Gesicht nannte, und fühlte sich gut, im nächsten Moment woanders hingucken zu dürfen.

Martin, Ingenieur, im Vollsaft stehend, suchend, blindlings stolpernd, einmal monatlich kegelnd, knapp unter 30, einiges verspielt, unter anderem das, was er für Stil und Humor hält, geschmacklich nicht fixiert, gen Mittelmaß tendierend, wo auch immer sich das versteckt hält, hier in den dunklen Katakomben der Extreme. Den Zufall herauszufordern, deswegen ist er hier. Abschlepperkneipe. Martin kann sie ignorieren, seine Verzweiflung. Die paar Bier, die er alleine trank wollten ihm schon sein idiotisches Verhalten vor Augen führen, jetzt aber saß sie hier.

Eine Vorliebe für Gedichte, sagte sie, hätte sie, für selbst geschriebene. Martin bat sie um einen Vortrag, er wusste: Je offener die Seele, desto offener die Vagina, aber Karin verweigerte sich. Martin setzte nach, wenn schon sonst nichts funktionierte, dann vielleicht Sex mit der vom Leben gebeutelten Verbeulten. Dafür würde er auch eines ihrer Gedichte ertragen. Zugeständnisse. Er gab ihr Schnaps, sie begann schleppend, ohne ihn dabei anzublicken:

In dein Herz will ich mich trampeln,
durch deiner Venen Lauf mich strampeln,
ich will in deinem Körper hausen
und Liebe machen ohne Pausen.

Martin lächelte sanftmütig. Nicht schlecht für ein Gedicht, das ihm eine unbekannte Frau in einer nebulös verhangenen Kneipe vortrug. Er schwieg kunstverständnislos. Er trank aus Gier nach Betäubung. Karin trank mit. Martin gab ihr Schnaps. Sie schämte sich ein wenig. Er gab ihr mehr Schnaps. «Mich interessieren zwei Dinge», sagte sie als Überleitung, «Abba und die Geschichte der DDR.» Martin begann auf Sächsisch *The winner takes it all* zu singen, und Karin lachte weiße Zähne in seine Gegenwart. Ihr Lachen schleuderte sie ihm hin und wäre sie Fleischwarenfachverkäuferin hätte sie wahrscheinlich gefragt, ob es auch ein bisschen mehr sein dürfe und Martin hätte vielleicht verneint und sie hätte sich gewundert, weil doch alle immer ja sagen, wenn diese Frage aufkommt.

Die Karin. In ihren Mund steckte mal ein Strohhalm, dann wieder eine Zigarette und sehr häufig fielen zwischendurch Wörter heraus. Irgendein pädagogischer Job, irgendein Fitnessstudio und weitere Wahllosigkeiten. Sie erzählte viel, ihr Mund ging auf und zu, ließ Worte wie Werbebotschaften ins Freie. Werbebotschaften für ein Produkt, dass vielleicht in den 80er-Jahren mal populär gewesen war und jetzt ein Revival erleben sollte. Als 36-jährige Singlefrau, so sagte sie zu Martin, fühle sie sich sehr oft einsam zwischen all diesen nach Glück riechenden Paaren, die wie ineinander verstrickte Fäden wirken. Sie roch frischer, als sie aussah, ihr Duft war so exotisch, wie sie deutsch war. Ihre Blondheit lächelte Martin in sein Leben. «Ich bin seit 3 Jahren geschieden», ergänzte sie noch, «die Ehe war die Hölle.» Irgendwo wischte Howard Carpendale einen romantikzersetzten Schmachtlappen durch das Etablissement.

Was Karin suchte, war durch ihre Botschaften klar zu erkennen. Ihr Herz lag offen auf dem Tresen, man konnte die Schlagfrequenz spüren. Verzweiflung – nice to meet you! Karin lachte laut, auch bei Martins schlechtesten Witzen. Sie sagte ihm noch, sie wolle einen Waschbrettbauch wie Shakira, ihr

Hintern wäre schon entsprechend breit. Hahaha, sie lachte, Martin auch, Gott weiß warum. (O-Ton Gott: Ne, eigentlich hab ich keine Ahnung warum. Einst erschuf ich den Menschen, um ... MAUL! ... okay.)

Brüste ordnen. Über die Größe der Brust sprechen. Sie, die Brüste, argumentativ einsetzen. Was sie hier suche, wisse sie auch nicht, schließlich ginge es nicht um eine klar definierte Suche, so relativierte sie ihre unattraktive Direktheit, und Martin fragte sich kurz, was in diesen 36 Jahren passiert sein musste, um dieses Leben, das hier vor ihm faulte, so werden zu lassen. Eine Antwort ließ er aus, obwohl sie breitbeinig im Raum saß, diese Antwort. Die Antwort war Karin selbst.

Kürzlich, so sagte Karin dann noch, sei sie auf einem Schlagerkonzert gewesen, Jaques Brast, so hieß der Künstler, und Martin nickte und log: «Ja, kenn ich.» Karin summte irgendein Lied, das alles hätte sein können, von Anlassergeräusch einer Kettensäge bis zu irgendeiner abgrundtieftraurigen Beerdigungsmusik von Bach. Martin sah Karin an und wippte etwas ungeschmeidig hin und her. Da klopfte eine Ungeduld an sein Bewusstsein wie die Gier eines hungrigen Löwen, der um eine Zebraherde herumstreift.

Seit sie sich hier auf zwei sich gegenüberstehenden Barhockern zur Musik von Howard Carpendale unterhielten, seitdem fragte Martin sich, wer die Verantwortung für ein solches Leben überhaupt tragen kann. Sie bestimmt nicht.

Er schon mal gar nicht, denn auch er hatte zu schleppen an seiner Existenz und bestellte Schnaps und lächelte, als sei nichts, und Karin fragte, was denn sei, und Martin lächelte und berührte kurz mit Absicht ihre Hand und stellte sich vor, die diese verzweifelten Finger in sie fuhren, geradewegs in die feuchte Hitze von Karins Schritt, und wer, so entschied Martin, bräuchte schon Antworten, wenn es derlei zu denken gab.

Karin sagte, dass da ein Tier in ihr zugegen wäre, ein wildes, ganz arg urwäldlerisches wäre das, aber ein zähmbares. Ob Martin sich derlei zutraue, wollte sie wissen, und er trank und sie trank und er trank nochmal und sagte: «Klar!» Sie beschrieb ihm dann dieses Tier, und da er diesem Tier schon häufiger in diesen blöden Nächten begegnet war, langweilte er sich ein wenig, tat aber so, als sei er maximal erstaunt über ihr inneres Tier, dass Karin so offenherzig in die Welt gebar. Da lag es dann, ihr hilfloses Tier, der Verzweiflung näher als irgendeiner Art von Leben, und Howard sang: «Hello again – dort am Fluss, wo die Bäume stehn ...» Karin wog ihren Kopf im Takt der Bäume, die am Fluss standen. Hin und her. Martin trank und bewegte sich ansonsten sehr wenig und wenn, dann auf keinen Fall zur Musik von Howard Carpendale. «Uhhuhuhuhuhu, ich sag nur hello again ...» Irgendwo zerbrach ein Glas, was Martin positiv auffiel.

Die Nächte so einsam und ihre Hand auf seiner, ihre Stimme wie ein bekanntes Lied, die zufällige Berührung ihres

Handrückens zwischen seinen Beinen, weitere Biere, ein paar Zigaretten, austauschbare Lieblichkeiten, die einigermaßen lieblos vorgetragen wurden, und Gespräche über Musik und Literatur, die die Spannung erhöhten und der Begegnung gleichzeitig einen langweiligen Anstrich gaben. Martin dachte: Ficken! Karin dachte: Wo bleibt das Glück? Martin sagte: «Meine Liebesfantasien sind irgendwie durch Rosamunde Pilcher-Schnulzen geprägt, die ich mir ständig reinziehe.» Karin sagte: «Hello again.» Ulf zapfte Biere und summte mit Carpendale im Duett.

Warum nicht über Sex reden? Martin und Karin redeten über Sex, und der Werbespot ging weiter. Auf jeden Fall: die Nächte so einsam, der Winter so beschissen lang, die Kälte geht an die Knochen, die Einsamkeit ein hungriger Esser, das Essen ungenießbar. Es folgten kleine Küsse, darin Forderungen, Botschaften, Kurztexte, Lebensbeichten. Nichts erzählen müssen, dachte sich Martin. Billig, willig, chillig. Karins Zunge war ein hemmungsloses und gefräßiges Tier, einem kleinen verrückten Hamster gleich, der im Zimmer ihres gemeinsamen Gesichtes Nahrung vermutete und nun von Ecke zu Ecke mümmelte. Martin wusste sofort: Der Hamster würde verhungern. An sich, an ihnen und überhaupt.

Ein deformierter Wille wie aus heißem Wachs ließ Martin in ein Taxi und später in eine anonyme Frau gleiten. So fremd die Frau, so exzessiv ihr Geschrei, so willkürlich die Verteilung der Lust, so nüchtern er selbst.

Karin hingegen stand noch in der Kneipe, um Längen besoffener als zum Zeitpunkt seines heimlichen Verschwindens. Zeit zu weinen, dachte sie sich, Zeit einfach loszuheulen. Ihre Fassade blieb aber trocken.

Howard Carpendale war nur noch ein verschwommenes Geräusch. Es hatte sich in Martin ein Wille verfestigt, nach dieser Urinausschüttung das Lokal zu verlassen, in die Ungewissheit fremder Arme zu gleiten, und sei es auch nur kurz. Immer mit einem Bein auf der Straße. Als er von der Toilette kam, stand da eine, die sich Sabine nannte, und rauchte. Sie hielt ihm ihre kleine Hand hin und argumentierte ebenfalls mit Körperlichkeiten. Allerdings noch zielloser und unverbrauchter als zuvor die Karin. Innerhalb einer Minute zuckten da Blitze. Fünf Sätze reichten aus.

«Hey, ich bin Sabine, wer bist du denn?»
«Egal, das Schicksal meint es gut mit uns.»
«Wir sollten uns mal eindringlich unterhalten.»
«So richtig auf Teufel komm rein?»
«Taxi!»

Sie fuhren los, hatten Sex, schliefen ein, wachten auf, hatten nochmal Sex, tranken Kaffee, und Martin fühlte etwas in sich aufsteigen, was er unbedingt bewahren wollte. Sabine und Martin waren für einen Moment Körperfreunde geworden. Sex mit ihr hatte eine therapeutische Eigenschaft, er war kopflos, maßlos und haltlos. Sabine winselte wie ein Hündchen, auf das man versehentlich getreten war, und Martin hielt sich daraufhin für einen wahrlich fabulösen Geschlechtsverkehranbieter. So gern er geblieben wäre, so entschieden setzte Sabine ihn am frühen Nachmittag vor die Tür. Vor dieser Tür fühlte er eine Mischung aus Männlichkeit und Panik, die er irgendwann, unter schierer Ignoranz der Realität, Lebenserfahrung nennen würde.

In einer kleinen Mietwohnung wachte Karin neben dem schnarchenden Körper eines currywurstgestählten Kneipiers auf, der sich letzte Nacht aus seinem schuppigen Genital in sie ergossen hatte. Karin wusste, wie man Verzweiflung buchstabierte. Ulf auch. Karins Kopf fühlte sich arg explosionsgefährdet an, und sie dachte an Martin und berührte unabsichtlich Ulf, der irgendwie im Weg lag, und es fuhr ein Ekel in sie und Karin fühlte das Tier in sich, und es war ein müdes, altes, von der großen Herde abgekommenes Tier, das sicherlich in Bälde verstürbe.

Währenddessen saß Martin zuhause und weinte, denn Sabine hatte sich so entschieden gegen ihn entschieden, und jetzt war er so müde, aber er fand keinen Schlaf, denn vielleicht würde Sabine ja nochmal anrufen. Aber sie hatte nicht mal seine Nummer haben wollen, und Martin weinte. Seine Männlichkeit war ganz aus ihm gewichen, die Panik aber war geblieben. So was hatte er ja noch nie erlebt, also so ein Mädchen, das sich so spontanen Fügungen fügte, einfach so ihre Wohnungstür und Vagina öffnete, um es mit ihm im spontanen Rausch der Willkürlichkeit zu treiben. Am Abend weinte

Martin dann nicht mehr, hatte sich seinen Anschein von Männlichkeit zurückerobert und nannte Sabine «Schlampe» oder «Idiotin, die es wohl mit jedem Trottel trieb». Wahrscheinlich hatte er sogar recht damit, vor allem mit der Trotteltheorie.

Als Ulf erwachte, war Karin schon fast zwei Stunden weg. Kein Zettel. Keine Botschaft. Nichts. Nur einen Kopfabdruck im Kissen und ein blondes Haar fand der Ulf, und er hob das Haar vom Bettlaken ab, aß es auf und schlief wieder ein, auf seinem Gesicht ein Lächeln.

Die Langsamkeit des Willens

Ich glaube, dass wir Identifikationsfiguren für ganz, ganz viele Menschen sind, die sonst keine Identifikationsfiguren haben.
Hartmut Engler, Sänger der Popband PUR, 1998

Bevor wir einen Job annehmen, fragen wir uns, ob wir ihn bewältigen können, ob er etwas an unserer Persönlichkeit beschönigt, ob wir ihn aufregend finden und gut damit verdienen. Noch viel mehr Intensität sollten wir der Frage widmen, was so ein Job mit unserem Charakter macht. Perverse Züge entgleisen auf idyllischen Strecken ...

Jaques Brast lügt Deutschland an. Er ist nicht echt. Jaques ist zwar ein realer Mensch, mit Organismus, Orgasmus und anderen serienmäßigen Homo-Sapiens-Ausstattungen, jedoch hat er von sich ein Bild entwickelt, das zu malen er zwar begonnen hat, doch zu viele Betrachter machen das Bild anders, als es ursprünglich gemeint war. Da kommt dann eine leise Traurigkeit auf, zu leise zum Umständeverändern. Aber es geht. Und es geht weiter. Weiter wie erwartet. Eine Rolle zu spielen ist Kunst; eine zu spielen, die man hasst, ganz großes böses Kino.

Jaques Brast ist ein medienrelevanter Schlagersänger. Diese Rolle spielt er mit einem derart krass in Szene gesetzten Überzeugungswillen, dass er manchmal denkt, er sei Jaques

Brast. Aber er ist jemand völlig anderes, verstümmelt von Lügen und der Unfähigkeit auszubrechen. Auch von der Unfähigkeit laut «Nein» oder «Aufhören» zu schreien ist seine Existenz gezeichnet. Er ist in einem Strudel gefangen, und es zieht ihn dahin, wo man nur zugrunde gehen kann. Er ist eine Art Alien im Showgeschäft und sein Raumschiff steht im Halteverbot. Da muss eine Karriere schon mal schnell gehen.

Aliendasein, deswegen wird mensch angeguckt. Das Abheben von der Massenstrategie. Das Besseraussehen, das Irgendwiesingenkönnen, das siegreiche Gestenspiel. Das planvolle Entgegensetzen des aufgeblasenen Pseudoegos. Der Urlaub von sich selbst sollte nie zu lange dauern. Denn irgendwann steht man wieder vor sich, und wenn man zu lange weg war, kann es schon mal sein, dass man sich nicht mehr kennt und seine eigenen Gedanken bezüglich Richtigkeit, Ehrlichkeit und Lügengehalt anzweifelt.

Gespielte Gefühle in muffigen Katakomben. Eine Mehrzweckhalle, zu dem Zweck mit Menschen gefüllt, Emotionen zu verbreiten. Das letzte Drittel eines Konzertes, Fachrandgebiet deutscher Schlager. Es wird getanzt, gelacht und geklatscht, die Musik will es so.

Melancholisch berührt einige, emotional volltrunken andere, wieder andere beides, und zwar nicht zu knapp. Diese Halle mit verriegelten Notausgängen. Ein Wohnzimmer, in dem

Jaques Brast gastiert und in dem Wahnsinn, Hoffnung, Liebe und Lügen zu Hause sind. Es ist fast vorbei. Nur noch ein bisschen lügen. Der Künstler schweißgebadet, nur die Fähigkeit eines erlernten Gesichtsausdrucks: Lächeln. Gewohnheitsgrinsebacke. Lächeln bis der Zorn durch die Hirnplatte splattert. Lächeln, solange es die Gesichtsmuskulatur zulässt. Schlagersängerlangzeitlächeln ist besser als ein Langzeitarbeitslosendepressionsblick. Jaques Brast hat Erfolg. Nicht zuletzt wegen seines Lächelns, das viele hier im Saal für Verständnis und Frohsinn und anderen abgedrehten wirklichkeitsfremden Scheiß halten.

Tosender Applaus. Ein Mob in Rage, in sehr diszipliniert wirkender Rage. Sieht aus wie ein Ohnmachtsanfall mit Bewegungsresten. Das letzte Zucken vor dem Kollaps. Hände knallen auf Hände und Gehirne steuern das, und all das macht einen beängstigenden Lärm im Haus. Das Publikum steht, sitzt und zelebriert seine Andacht. Anständig stehend, die Abendgarderobe ist nicht vom Körper getanzt worden. Der gefühlte Haushalt ist zwar im Ungleichgewicht, aber die meisten hier haben gelernt, solche Emotionsschübe zu verbergen. Neutral schauen, lächeln vielleicht und klatschen, bis die Hände kribbeln. Für viele der Anwesenden hier endet Leidenschaft genau an diesem Punkt. Obwohl sie viel mehr Romantik können könnten. Mit dem Fahrrad an die Ostsee fahren zum Beispiel. Oder lange Spaziergänge durch Lübeck oder dergleichen Unheimatliches. Aber hier gibt es zugewiesene Rollen, und wer die nicht einhält, wird komisch gefunden. Mit Blicken, Worten und ähnlich Wertlosem abgestraft. Aber es schützt keinerlei Masse vor Einsamkeit.

Eine Frau drängelt sich durch andere Körper hindurch, obwohl, oder eben weil, das Ausmaß ihres eigenen Seelensitzes fast die Ausmaße zweier übereinandergestellter Waschmaschinen hat. «Ja, Jaques, schrei mir dein Lied! Nur für mich, du schöner Mann!» Die unsanft alternde Frau ist völlig außer sich und ihre Bratwurstarme mit Frikadellenfäusten recken sich zur Hallendecke. Ihr ganzer Körper wirkt, als würde er aus Schlachtabfällen bestehen, und Jaques könnte schwören, dass sie auch so riecht. Für ihn ist es Ekel, für die Frau Hingabe. Sie trägt ein T-Shirt, auf dem sein Schädel abgebildet ist. Sie hätte das Shirt aber in *XXL* und nicht in *M* kaufen sollen, fällt Jaques beim genauen Hinsehen auf. Mettbrötchengefüllte Fettwülste quellen unter der T-Shirt-Naht und über dem Jeansansatz hervor. Rosa Bauchfleisch blitzt nicht nur hervor, nein, es tanzt einen Reigen um die Frau. Jetzt kotzen, denkt Jaques und lächelt in die Menge. Die Diskrepanz zwischen dem, was innen ist, und dem, was nach außen strahlt, könnte nicht extremer sein.

«Ich liebe dich singen!» Die Frau artikuliert ihre Bedürfnisse sehr direkt, aber sehr inkorrekt und formlos. «Jaques, du bist der Erlöser!» Die Dicke hat noch eine Freundin mitgebracht, die ebenfalls ihre Begierden und Denkbelange ungefragt herausschreit und ganz ähnlich tickt. Die beiden Fettschürzen stehen, lächeln, wanken und winken. Ein Jaques Brast-Konzert ist kein Kindergeburtstag, schon gar nicht für Jaques Brast selbst. Der Künstler im weißen Anzug und schwarzen Hemd versucht die Schandtaten und Lautäußerungen der lebensmittelschwangeren Östrogenausstoßerinnen weitestgehend zu ignorieren. Klappt aber nicht. Eine der fetten Weiber krallt ihre Wurstfinger in seine Wade. Wo ist die Security, wenn man sie braucht? Der Griff ist so fest wie ein Schraubstock. In der Falle der Fetten. Jaques grinst aber weiter in die Menge, sein Schmerz und die Demütigung artikuliert sich nur innerlich. Ja, das Kokain war Spitzenqualität, denkt er noch, bevor in einigen Wurstfingern Gelenke und Knochen brechen, weil Jaques mit seinen stabilen spanischen Markenschuhen auf schwitzende Greiforgane tritt und seinen Schuhabsatz genüsslich auf dem Fleischknochenklumpen dreht. Die Frau schreit auf, die meisten der umstehenden Schlagerfreunde halten es für übertriebenen Fan-Enthusiasmus und schreien mit. Die kaputte Hand zuckt von der Bühne. Zumindest ein kleiner Sieg, denkt Jaques.

Die Band stimmt die erste Zugabe an. 2476 erwartungsvolle Augenpaare wollen erneut ihre emotionale Schunkelwut besänftigen. Gedankengut für Kleinstadtgesichter wird durch unsichtbare Winde und Wellen herumgespült. Die Musik setzt langsam ein. Kommt leise von ganz unten. Harmonische Keyboardteppiche fliegen klebrig-beflügelt durch eine feuchtschwitzende Mehrzweckhalle, eine glasklare Gitarre setzt ein und zirpt eine Melodie, die so einfach ist wie atmen, dann ein Bass, zärtlich polternd, und schließlich ein stumpfes Schlagzeug im Viervierteltakt. Jaques schließt die Augen, will woanders sein. Die Halle ist gefüllt mit Schlagerfreunden, die seinetwegen hier sind, die seine CDs kaufen. Dann kaufen sie auch noch seine T-Shirts, lesen Interviews mit ihm in der Bunten und schreiben ihm gut gemeinte Worte in Form von Fanpost oder Gästebucheinträgen auf seiner Homepage. Feedback heißt Zurückfüttern. Die Menschen füttern Jaques mit dem, was sie Liebe nennen. Das schmeckt Jaques nicht, und die schicksalsschwangeren, klebrigen Zuckerworte sehen dann immer so ähnlich aus:

Liebster Jaques,

zunächst einmal: Deine Stimme ist betörend und deine Texte regen mich zum Nachdenken an. Manche lassen mich sogar in Tränen ausbrechen.
Vor drei Jahren starb mein über alles geliebter Mann Werner an einem Herzinfarkt. Danach wollte auch ich nicht mehr weiterleben. Eine Freundin schenkte mir zum Trost zwei Schlager-CDs: eine von Bernhard Brink und eine von dir, liebster Jaques.

Du hast mich mit Deiner Musik überzeugt. Der Inhalt deiner Texte, deine Stimme, all das macht so tief romantisch empfindlich.

Deine gefühlvollen Lieder haben mich sofort gefangen genommen und mich am Leben erhalten. Das vermittelte Gefühl ist so ein durchdringendes. Wunderbar. Lieber Jaques, mach weiter so. Noch viele CDs und Konzerte.

Danke und für immer dein,

Dein Fan,

Angelika

Diese Angelikas, Helgas, Claudias und Beates, die ihm immer solche Zeilen zukommen lassen, wiegen meist viel und führen ein Leben, das er nicht verstehen kann. Sie fressen, schütteln Betten, erziehen Kinder und denken, in Schokoladentafeln wohnen Glückshormone. So viel Glück, wie diese Frauen essen, braucht kein Mensch. Aber er bekommt ihr Geld, ihre Zuneigung, obwohl das Geld allein ja schon reichen würde, mit Zuneigung oder Glück kann man nicht den Porsche volltanken. Und dann losfahren. 250 Sachen und mit geschlossenen Augen bis zehn zählen. Und nur noch durch solche Grenzwertigkeiten das Leben spannend finden. Dann nach Hause fahren, den Fernseher anmachen und bei einem Beitrag über das Waldsterben zu weinen beginnen. Dann das Weinen mit Drogen aus dem Schädel geballert und Pseudozufriedenheit hinein, die nur einen Splitter Zeit anhält. Sonst hält nichts. Kein Versprechen, keine Sehnsucht ...

Jetzt muss er singen. «Deine Augen aus der Dunkelheit ...», sofort steigt die Menge ein, die diesen Jaques Brast-Klassiker nach den ersten Worten in einen harmonieverweigernden und angetrunkenen Hausfrauenchor verwandeln. «... ich suche deine Zärtlichkeit, oh Lisa, die Hand, die in der meinen liegt, weil immer nur die Liebe siegt, oh Liiiiisaaaaaa ...» Jaques gibt alles, singt mit den Leuten, die heulen, tanzen, zünden Feuerzeuge an oder umarmen ihre zeugungsunfähigen Partner. So plätschert das Lied dahin, sinnlos, und doch provoziert es so viele Emotionen wie Stimmungsschwankungen. Wild mood swings. Das Publikum zelebriert jedes noch so mies gedichtete Wort und übertönt Jaques' Gesang überdeutlich.

Die Menschen freuen sich. Jaques widmet ihnen noch weitere Lieder: *Wie Perlen um den Hals geschmiegt* und als krönenden Abschluss die absolute Sentimentalitätsnummer *Mein Junge*, ein Lied über einen Vater, der seinem Sohn am Sterbebett noch gute Ratschläge erteilt. Jaques Brast ist ein Darsteller seiner Lieder. Er stellt nicht die Gefühle dar, die er hatte, sondern die, die das Lied vorgibt. Zeigte er die Gefühle, die er hat, schwämme er in einem Meer aus Erbrochenem und ertränke darin. Blut und Kotze, ein wogend aufgetürmter Ozean, das geht in dem Schlagermann vor. Aber er schwelgt, er deutet zärtlich gen Himmel, ballt seine Faust, zaubert Rührung in den Saal, manifestiert Emotionen. Das ist sein Ansatz. Aber alles erfunden, jedes Gefühl ausgedacht. Nicht mal der Name ist echt, Jaques heißt eigentlich Jochen.

Rührung in den Augen derer, die herkamen, um mit Jaques einen emotionalen Schlagerabend zu zelebrieren. Den hatten sie. Allesamt. Weiterdenken geht erst mal nicht. Weiterdenken würde bedeuten, die Richtung zu ändern. Aber eigentlich geht es doch allen super. Alle haben alles, was sie brauchen, um sich eine Identität zu bauen oder erst mal auszudenken. Muss ja. Die Langsamkeit des eigenen Willens kommt hier, gerade hier niemandem verdächtig vor.

Jaques und seine Musiker verlassen unter Pfiffen, Kinderwünschen von nationalen Übermüttern und dem überlauten, potenzgestörten Geschrei von sexuell unterfrequentierten Frauen über 47 die Bühne. Das Saallicht geht an und gibt den Blick auf das frei, was hier wirklich los ist. Die Schlagergemeinde tendiert zum ordnungsgemäßen Rückzug. «Zugabe, Zugabe» wird noch gebrüllt, aber das war schon die Zugabe, und mehr Heuchelei erträgt Jaques nicht. Nicht heute, nicht jetzt, nicht hier. Wenn er noch mal rauskäme, denkt er auf dem Weg in seine Garderobe, dann mit einem Schnellfeuergewehr. Gezielte Salven in die Menge und die ganze Oberflächlichkeit, die seine Fangemeinde ausmacht, weggespült. Könnte dann was Neues wachsen, denkt er, aus dem Schlamm der Leichen, widerstandsfähige, braune Tulpen beispielsweise. Die Gedanken sind frei, zu frei, denkt Jaques und wünscht sich Betäubung erster Güteklasse. Die zu holen, die zu konsumieren, einen Weg weg aus dem Jetzt zu suchen und zu finden wird sein primäres Ziel in der Garderobe sein.

Jaques ist allein und weint und raucht, denkt an die Lüge, die Lüge, mit der er täglich aufstehen muss. Er wird noch kurz zu Jochen und wird ganz persönlich mit sich selbst und fragt sich, wo der Ausgang ist, der Ausgang aus dem Ganzen hier. Mal wieder vollständig der Jochen sein und ein anderes Leben haben. Aber Jochen muss laut Vertrag noch lange Jaques sein. Er ist allein, er weint und raucht und hat doch draußen vor der Tür ein Feuer angemacht, dessen Tanzbarkeit er weder verstehen noch gutfinden kann …

Put your hands ab in the air

(Händchenschnitzel)

Ein Mensch ist nichts anderes als ein Entwurf;
er existiert nur in dem Maße, als er sich entfaltet.
Jean Paul Sartre

Es gibt Dinge, die einem nicht passen, und es gibt Worte, die diese Dinge beschreiben. Hippopotomonstrosesquippedaliophobie ist so ein Wort, und es beschreibt die Angst vor langen Wörtern.

Gehört das mir? Gehört mir das nicht? Ich finde abstoßend, was sich meine Extremität nennt. Das denkt die Hedwig und kneift sich in die rechte Hand. Das Fleisch der Hand wird kurz rot, dann weiß, so richtig weh tut es nicht, wenn Hedwig sich in die Hand kneift. Ihr Handhass kommt immer abends zu ihr, und er hat Historie. Sie hasst ihre rechte Hand, seit sie vierzehn ist.

Ja, die linke Hand, die ist in Ordnung, die kann bleiben, die rechte aber sieht ihrer Ansicht nach aus, als gehöre sie nicht zu ihr. Sie macht zwar alle Dinge, die ihr vom Gehirn aufgetragen werden, aber dennoch ist Hedwig voller Hass auf ihre rechte Hand. Sie will dieses Körperteil nicht, obwohl es ihr genetisch zustünde, aber sie verlangt nicht danach. Lieber einen Stumpf als eben jene Hand, denkt die Hedwig. Nicht erst seit gestern denkt sie das. Es gab Geschehnisse, in die Hedwigs rechte Hand verwickelt war, die sie gern als ungeschehen ansehen würde, aber es sind eben Geschehnisse und deswegen ist jetzt: Handhass.

Die soll verschwinden, die Hand, schon seit Langem blickt Hedwig in einsamen Stunden ihre rechte Hand an und empfindet sie als dem Körper nicht zugehörig. Sie hat Dysmorphophobie, würde ihr ein Angstdefinierer sagen, also ein Spezialfreak, der sich mit Phobien auskennt. Es handelt sich hierbei um eine Störung der Wahrnehmung eigener Körperteile, man sieht diese entstellt oder verzerrt. Hedwig würde ihre rechte Hand am liebsten gar nicht sehen. Unsichtbar machen, das Scheißding. Oder aber dem lang gehegten Wunsch einer Amputation folgen. Bislang stellt sich ihre Krankenkasse aber quer.

Vorhin ist Hedwig nach Hause gekommen. Sie arbeitet in dieser Imbissstube, und da muss ihre Hand, muss der ganze Apparat funktionieren, alles muss im Fluss sein, sprechen, denken, kassieren – denken nur wenig, der Job ist eben ein Job und keine Berufung. Daher hat Hedwig, sobald sie alleine ist, Stress mit ihrer Hand, die sie seit über der Hälfte ihrer Lebensjahre hasst. Böse, doofe Hand.

Im Lauf der Jahre hat sich Hedwig selbstständig (ironischerweise denkt sie manchmal: eigenhändig) zur Linkshänderin erzogen. Mit zwanzig dachte sie noch, die fällt irgendwann von alleine ab, die Störhand, irgendwann wird sie sich schon ergeben und einfach Platz machen am Armende. Die Hand ist geblieben und mit ihr die Phobie vor ihr.

Sie ist wieder allein, allein in diesen beiden Zimmern plus Küche plus Bad, ist jetzt allein und denkt, wie das alles kam mit der Hand. Der Vater, ihr Vater schob einst regelmäßig sein verwarztes Genital zwischen ihre Kinderfinger, und sie musste ein Fäustchen machen und dieses auf und ab bewegen, bis der Vater müde wurde und sein Schwanz im Spucktaumel der Entladungskrampferei zuckte. Der Vater, so ein guter Mann war er, der ihr vieles ermöglichte, leider aber auch den ungewollten Kontakt mit seinem Schwanz, um den Hedwig in Kinderjahren eine auf- und abgleitende Faust bilden musste. Ihr Vater ist irgendwann gestorben, einfach so, beim Gutmenschsein ist er umgefallen, weil sein Herz einfach nicht mehr schlagen wollte. Hedwig hätte ihre Hand dafür gegeben, dass er jetzt noch am Leben wäre; ach, sie würde ihre Hand für weitaus weniger hergeben, sogar umsonst könnte sie jemand haben, diese alte, verseuchte Hand, die Gott an sie verschwendet hat.

Im Radio singt der Schlagersänger Jaques Brast ein Lied vom Weltschmerz, ein Mann, den Hedwig schätzt, einer, der in ihrem Gefühl ankommt, sie anzuspringen vermag mit den Worten über zuckerstreuerbestreuten Melodien zu nachvollziehbaren Rhythmen. Die Hedwig tanzt ein wenig, tanzt sich ein wenig Leidenschaft aus dem Herz und nichts verändert sich. Die Hand beleidigt sie durch ihre Existenz, und Hedwig hat nicht die Kraft, sie jetzt nach Hause zu schicken. Wo soll das auch sein, dieses Zuhause?

Morgen, ja für morgen hat sie sich vorgenommen, die Currywurstschneidemaschine in Uschis Grill, das alte Schredderwerk, zu reinigen und damit ein Malheur zu haben. Lassen wir es wie einen Unfall aussehen, denkt sich Hedwig, und verabschiedet sich schon mal von ihrer Hand. Die Hand sagt nichts dazu, was soll sie auch sagen, sie ist bloß ein Opfer.

Verhandlungssache

«Ey, komm Kai, nur noch zwei Gramm, Alter, ey, wir kenn' uns schon so lange, jetzt sei nicht so, komm schon.» Benno zitterte, zitterte, als ob seine Muskeln seine Körperstabiliät keine Minute mehr länger aufrecht halten konnten. Ich musste ablehnen, von ihm würde ich nie die entsprechende Entlohnung bekommen. «Nein Mann, bei mir is der Laden zu.» Er begann zu schluchzen wie ein Kind, dem man ein geliebtes Spielzeug entzieht. Viel grüner Rotz trat aus seiner Nase und warf sogar Blasen, das war die Heulerei der Verzweiflung, das Gift in ihm hatte eine Rotation, die mir von vielen meiner Kunden bekannt war. Als er der Artikulation wieder mächtig war, startete er erneut einen allzu zärtlichen Angriff auf meine nicht vorhandene Gutmütigkeit.

«Bitte, ey, ich geb dir irgendwas dafür, irgendwas aus meinem Leben kannst du dir nehmen, für zwei Gramm, Alter, zwei verschissene Gramm.» Jetzt heulte er richtig, es sturzbachte sich aus seinen geröteten Augen. Ich wusste, er würde alles tun für diesen Scheißstoff, es war wirklich drittklassiges Material, dessen Benno begehrte, aber für ihn gab es kaum Gründe weiterzuleben. Einer war definitiv die Droge. Benno war ziemlich im Arsch, ein typischer Restmensch, ein Ding, das alsbald einer Entsorgungsdeponie zugeführt gehörte. Einst ein guter Kunde, als er noch Liquidität vorweisen konnte, heutzutage ein Wrack auf Entzug. «Claudia.» Dabei kratzte ich mich am Schritt. Benno zog sein winziges Mobiltelefon aus der Tasche. Ich wiederholte den Namen: «Claudia.»

Es dämmerte bereits im Park, ein leichter Wind umspielte mein Geschlechtsorgan, bevor ich den Reißverschluss betätigte. Das Geräusch hatte wie immer was von Abschluss. Benno lag im Gras, halb tot vor Konsum, so halbgar wie immer, die Augen in Schrägstellung, der Körper in embryonaler Haltung, und er stammelte Worte, die irgendwie skandinavisch anmuteten. Außerdem hatte er sich eingenässt. Der Bennohaufen stank. Claudia lag neben ihm, streichelte seinen Kopf und wischte sich mein Sperma von der Wange. Diese Frau hatte eine sagenhafte Zunge, immer wenn sie mir einen bläst, denke ich, sie schwingt den Fleischlappen mindestens drei Mal um meine Eichel. Die feuchte, warme Höhle Claudias betrete ich aber nur im Latexanzug, so viel Anstand muss sein; nur wenn ich dann komme, dann will ich die totale Erniedrigung und meinen Saft auf ihrem Körper. Benno zittert, ich geb ihm noch ein halbes Jahr, Claudia vielleicht noch ein Jahr. Das, was da auf dem Boden klebt, ist keine Liebe, das ist Verzicht auf Leben. Claudia redet mit Benno, wie man mit einem Zweijährigen redet, dem man ein Gewitter erklärt, um ihn zu beruhigen. Ich glaube aber, das Kopfgewitter bei Benno ist eins, das da ist, bis er geht.

Mitleid ist so eine Sache. Mitleid fühlt sich in meinem Leben an wie ein Fremdkörper, wie der Stachel im Eigenfleisch, der unbedingt entfernt gehört. Hätte ich so was wie Empathie, könnte ich diesen Drogenjob nicht machen, es gehört dazu, dass ich ein Arschloch bin, schließlich ist die Konkurrenz genauso.

Aber ich verticke auch weiche Sachen. Pilze, zum Beispiel. Die nehm ich auch selber gern, nur von dem wirklich harten Zeug nehm ich nie was, ich sehe ja täglich, wie das endet, wenn man diese Grenze überspringt. Und das tun Leute wie Benno und Claudia täglich. Sie springen über Grenzen und wissen noch nicht mal, was es dahinter zu sehen gibt, außer dass vielleicht für Minuten Ruhe im Körper ist, wenn die Droge fließt. Mein Leben ist durch die vielen Wracks, die durch unsere Hinterhöfe, Parkanlagen und Junkietreffs tanzen, eines der bestabgesichertsten in Deutschland.

Ich gehe nach Hause, wollte eigentlich noch 'ne Bratwurst bei Uschi inhalieren, da war aber zu und durch die Scheibe sah es so aus, als wenn der Boden voller Blut wäre. Komisch, schlachten die jetzt selber da? Na gut, dann keine Bratwurst. Dann gehe ich noch an der Tankstelle vorbei, hole mir Zigaretten, Bier und geröstete Erdnüsse. Vor der Tanke stand diese alte Frau, die ich in dieser Gegend schon sehr oft gesehen habe, eine Pfandflaschensammlerin. Ich finde es sehr schlimm, dass es immer mehr soziale Opfer gibt, die abhängig sind von dem, was andere wegschmeißen. Künstler, Junkies, Rentner. Was für die einen Zubrot ist, ist für die anderen Brot. Allerdings macht diese Schräglage des Systems meine Arbeit als Einzelhändler im Rauschgiftsektor erst möglich. Wenn da diese große, böse, lockere und entspannte Zufriedenheit in den Leuten wäre, würden sie nicht Abstand zur Realität suchen, den sie in dem Zeug, das ich ihnen feilbiete, auch finden. Den Abstand zwischen Jäger und Gejagtem, die minimale Distanz zwischen der Gefahr und den Momenten dazwischen, das ist für mich geschäftsfördernd. Die Frau grüßt lächelnd, steht vor der Mülltonne, als ich den Tankstellenshop verlasse, sie wirkt gepflegt, gar nicht wie jemand, der dergleichen tut: Pfandflaschensammeln. Aus dem Augenwinkel sehe ich beim Weggehen aber ihren hektischen Griff in die Müllmaterie, ihr Kramen im Inneren der Tonne, ihren leicht angeekelten Blick bei dieser Handlung. Mitleid haben andere, für mich ist diese Frau die Vervollständigung des Bildes, das ich ohnehin von den sozialen Umständen in dieser Republik habe. Wäre sie jünger und hätte sie keine Berührungsängste mit Räuschen, sie wäre garantiert Teil meiner Kundschaft.

Viele Leute werden auch aus purer Verzweiflung meine Kunden. Irgendetwas Schmerzhaftes durchfährt ihr Leben, der Tod eines Angehörigen, eine Trennung oder manchmal sogar nur der Verlust eines Arbeitsplatzes, und schon besteht die Möglichkeit, sich in seinem Leben nicht mehr zurechtzufinden, was viele von den weichgespülten Individuen auf Dauer in meine Fänge treibt.

Als ich zuhause bin, mache ich mir ein Bier auf. Plöpp. Das rinnt dann die Kehle runter und schmeckt gefahrlos gut. Ich denke über mein Wirken in der Realität der vom Weg abgekommenen Lämmer nach. Ich treibe sie immer weiter von diesem Weg ab, helfe ihnen dabei, den Weg ins Eigentliche als unwiederfindbar zu definieren. So helfe ich doch auch der Gesamtgesellschaft, denn die Menschen, die mein Zeug kaufen, sind ja schon von ihrer Natur als teilweise unintegrierbar einzustufen. Ich befühle meine Narbe am linken Oberarm, das Messer eines Typen namens Salid. Ich weiß nicht mal, ob das sein richtiger Name war, aber er kam zu mir, um seinen Sohn zu rächen, und ich denke über Rache nach und schalte den Fernseher ein und vergesse die Rache. Dann kommt doch noch ein Gedanke, diesem Messerfreak ordentlich einzuheizen. Ich sollte ihn entführen, im Keller einsperren, vier Tage bei deutscher Schlagermusik warten lassen, ihm dann die Eier abschneiden und sie von Bruno, der Dogge eines Bekannten, vor seinen Augen auffressen lassen. Solche Visionen machen Spaß, und es ist wichtig, sich selbst zu erheitern, wenn es denn sonst keiner vermag.

Geröstete Erdnüsse werden von meinen Backenzähnen kleinteilig zermahlt. Ich bin im Unterhaltungsland zu Gast. Es ist ein gutes Gefühl, wie sich diese Erholung nach einem Tag wie diesem mit Bier und Erdnüssen einzustellen vermag.

Es läuft ein amerikanischer Bullenfilm aus den 70er-Jahren, zwei vollbärtige Bullen ballern sich ihre Wege zur Gerechtigkeit frei, und wer umfällt, war ohnehin böse. Ein Dialog der beiden Protagonisten bescheinigt mir die Weitsicht dieses Films.

«Hey Jack, hast du dem Nigger eins übergebraten?»

«Na klar, Don, was denkst du denn? Also übergebraten ist gar kein Ausdruck.»

«Dann ist ja gut, solche Menschen haben keine Gnade verdient.»

«Ja, so sieht die Sache aus.»

Plötzlich klingelt es an meiner Tür und ich schrecke auf. Eine Art mysteriöser Halbschlaf hatte mich gefangen und ich mich in mich zurückgezogen wie eine autistische Schnecke. Dort war es gut, die Zeiten sind hart, die Tage lang und das Geschäft voller Gefahrenmomente und eigentlich, merke ich jetzt gerade, hab ich nie Feierabend. Da fällt kein Hammer, da brüllt keine Schichtsirene.

Eigentlich wissen nur meine sozial abgesicherten Harddrug-Kunden, wo ich wohne, diesen verpissten Kleinfixern wie Benno würde ich das nie erzählen. Die würden mir wahrscheinlich vor der Tür unendlich identifizierende und außerordentlich peinliche Szenen liefern. Aber eigentlich ist es Absprache, dass man sich telefonisch ankündigt, wenn man Ballerbedarf hat.

Aufgrund des Bullenfilms schießt mir aber ein ganz anderer Gedanke durch die Denkstube, der geht da in aller Gelassenheit spazieren, der Gedanke, und löst eine mich langsam umklammernde Angst aus. Die konsequent auf und ab spazierende Angst buchstabiert flüsternd ein Wort: P.o.l.i.z.e.i., lässt mich damit allein, und ich stehe auf, was eher so ein Hochschnellen mit der Panik des Erwischten ist.

Zum durchdringenden Geklingel gesellt sich nunmehr ein rhythmisches Klopfen, und ich schwitze stark unter den Armen. Ich habe mal in einer Polizei-Doku gesehen, dass Bullen, die vor einer Tür stehen und anonym klopfend auf naivste Weise Einlass begehren, mit dem Satz «Ich bin's» auf die Frage, wer denn da sei, antworten. Dieser Gedanke fährt wie ein Schnellzug durch meinen Kopf, ich habe illegale Substanzen im Gegenwert von mindestens 20 Jahren Freiheitsentzug in meiner Wohnung, und wenn jetzt jemand «Ich bin's» sagt, dann weiß ich doch, was passieren wird. Ich nähere mich der Tür, schwitze, mein Kopf ein Tropfen Angst nur. Drücke ein Ohr an die Tür, vielleicht kann ich da die Unterhaltung der Polizei mit anhören. «Hallo? Wer ist da?» Sekundenlanges Schweigen. Tick tick tick, die Angst steigert sich und manifestiert sich in einen 180-BpM-Herzschlag. «Kai? Ich bin's.» Eine gebrochene Frauenstimme, die mir irgendwie bekannt vorkommt. «Claudia?» Das Klopfen und das Klingeln verstummen abrupt. Claudia? Was will die denn hier? Langsam drücke ich die Klinke nach unten, ich rechne mit einem Kopfschuss oder einem Kuss oder einer Faust. Ich öffne die Tür, tatsächlich steht da Claudia und grinst ihr kleines hübsches Gesicht rund.

Ich kann meine Hände nicht bewegen, weil sie gefesselt sind, und Benno hält mir wieder den Lötkolben auf die Eichel. Der

Schmerz ist von derartiger Unglaublichkeit, dass sich mein Bewusstsein weigert, ihn aufzunehmen. Benno spricht irgendwas, was in meinen Schreien untergeht. Die Zerstörung meines Penis' ist beschlossene Sache, mein Fortpflanzungsorgan hängt blutend und leblos an meinem Unterleib, der Schmerz ist aber überall. Konkrete Gedanken lässt der Anblick nicht zu.

Die beiden haben mich überwältigt, Benno hat sofort sehr brutal zugeschlagen, Teile meiner oberen Schneidezähne liegen noch an der Tür und wirken wie von Blut umspielte Plastikteile, die irgendwer auf dem Boden vergessen hat. Ich traue mich in Bennos Augen zu sehen, und was ich sehe, ist der Blick eines drogensüchtigen Wahnsinnigen, dem Drogen fehlen. Bennos Augen blicken Krieg. Nur Krieg. Meine Vernichtung. Ich bin dann getaumelt nach dem Schlag und zusammengebrochen neben dem Tisch, auf dem noch meine Bierflasche steht. Dann wurde ich wach auf diesem Stuhl und war nackt und meine Arme und meine Beine waren an den Stuhl gefesselt, und ich war das hilfloseste aller menschlichen Einzelteile. Den Lötkolben hatte Benno selbst mitgebracht, und er begann sofort mit seiner Arbeit.

Claudia steht daneben und raucht und denkt sich wohl, dass Rache eine gute Sache sei. Ich aber weiß, dass es der Fluch der Rache ist, den Schmerz niemals heilen zu können. Claudia holt sich ihr gedemütigtes Ego mit Blicken auf meinen Schwanz beziehungsweise dem blutigen Restglied, das da so leblos baumelt, zurück. Ein kleines Lächeln huscht über ihr Mädchengesicht. Sie lispelt so süß, klar, mit dieser Zunge würde ich auch lispeln. «Mach die Sau ordentlich fertig, Benno.» Benno lächelt wahnsinnig, aber in einer Geduld und Geschmeidigkeit, die ich noch nie bei ihm gesehen habe; er hat einen Seitenschneider in der Hand, und ich spüre, wie mich langsam, aber unter überdeutlichem Schmerz zwei meiner Fingernägel verlassen. Kurz danach auch ein Zehennagel. Der ausgesendete Schmerz will mich ohnmächtig haben, schafft es aber nicht, also schreie ich nur noch. Ich weiß und spüre genau, dass der Skrupel, den ich nie hatte, jetzt über diese beiden drogengeschädigten Wahnsinnigen zu mir zurückkehrt, meine jämmerliche Restexistenz mit Schmerz einer bislang unbekannten Kategorie anzufüllen. Mein Körper ist lediglich ein Pochen, ein unkoordiniertes Zucken, eine Angst zu sterben gibt es nicht, denn nichts ist lächerlicher, als unter lebensunwürdigen Bedingungen Angst vor dem Sterben zu haben.

Blut läuft aus einer Wunde unklaren Ursprungs und vor allem unklarer Größe aus meinem Kopf über meine Augen, ich sehe nur die beiden schemenhaften Eindringlinge, wie sie auf dem Fußboden sitzen und meine Zigaretten rauchen. Ich bin wahrscheinlich kurz davor zu sterben, der Schmerz ist weg, ganz weg, ich habe keine Ränder mehr, keine Konturen, bin auf dem Weg, lediglich Seele zu sein. Die Wahrnehmung, wer ich mal war und wenn ja, was zum Beispiel, verfliegt. Das ist ein sehr helles Gefühl, diese verfliegende Wahrnehmung, es ist nicht mehr anstrengend. Dinge wie Zeit und Liebe werden egal, wenn die Wahrnehmung wegtritt. Ich höre Claudias Worte, zärtlich mit zu langer Zunge gesprochen, eine Zunge, die sich stets an ihre Schneidezähne kuschelt, wenn Claudia zu sprechen anhebt.

«Hey Benno, hast du dem Arsch eins übergebraten?»

«Na klar, Claudi, was denkst du denn? Also übergebraten ist gar kein Ausdruck.»

«Dann ist ja gut, solche Menschen haben keine Gnade verdient.»

«Ja, so sieht die Sache aus.»

Dieser Dialog kommt mir irgendwie bekannt vor. Ich spüre noch, wie Benno dann hinter mir steht, mir an irgendein Körperteil fasst, das wahrscheinlich gebrochen, amputiert oder offene Wunde ist, und einen seltsamen Satz sagt. «Wenn das Leben mich nicht so mitgenommen hätte, wäre ich jetzt nicht hier.» Reaktionslos stimme ich zu.

Als sich die Tür schließt, sehe ich dieses schemenhafte Licht im Flur, dieses Licht, das ich immer unterschätzt habe, und ich dachte eigentlich, ich würde es jeden Tag sehen, aber ...

... Christin streichelt mein Gesicht. «Kai, Kai, wach auf. Kai, wach auf, du träumst großen Scheiß, Kai, wach auf.» Die kleine Hand auf dem Gesicht tut gut. Ich habe ein Gesicht. Und ich kann sehen. Meine Hand kontaktiert meinen Schwanz. Auch da scheint alles gut zu sein. Kein erwarteter Matschhaufen und vor allem: kein Schmerz. «Gut, dass du da bist», lüge ich sie an. Und sie lächelt, lächelt wie Claudia, die wahrscheinlich immer noch versucht, Benno zu wecken, und im Park auf nassem Rasen liegt und das eine gute Leben vermisst.

Christin ist ganz weich und riecht nach Blumen. Sie wohnt hier, seit sie ihre Schulden nicht mehr zahlen kann, und erfüllt mir kleine, große und perverse Wünsche, die aus meiner Triebhaftigkeit resultieren. Sie ist vielleicht 16 oder 17 Jahre alt und weiß, was es heißt, sich mit Zerstörung anzufreunden. Ich küsse sie, ihre kleine Mädchenzunge kämpft gegen meine breite, platzschaffende Aggressionszunge. Ich dränge sie in den hinteren Bereich ihres Rachens und lutsche an ihr rum. Geschmack hat das hier alles nicht mehr. Aber ich lutsche weiter.

Als ich neben ihrem tief und brutal ins Bettlaken gefickten und mittlerweile durchaus drogengeschädigten schlafenden Körper sitze und eine rauche, nehme ich mir vor, demnächst Benno und Claudia etwas zu schenken. Irgendwie kann ich vielleicht ein guter Mensch werden, wenn ich ihnen bessere Preise mache, Benno einen kleinen Kredit gewähre und nicht mehr versuche, Claudias Gesicht zu schwängern. Vielleicht passiert dann nicht das, was ich geträumt habe. Am Schlafzimmerfenster hängt ein Traumfänger; ich war nie ein Esoterikmensch, aber dass die Dinger tatsächlich unnütz sind, ist durch mich erneut bewiesen worden. Ich nehme mir fest vor ein guter Mensch zu sein und kann mich gerade noch davon abhalten, die Kippe auf Christins rosigen Arschbacken auszudrücken.

Girls just wanna have Pfand

Die Hand, sie zögert
und greift doch rein,
nur beim ersten Mal
konnte der Stolz
kaum verzeihen.
Du tust manche Dinge,
wenn dich Hunger überkommt,
und dann tust du es immer wieder,
weil auch Hunger wiederkommt.
Slime – Aufrecht gehen

Als ich in die Welt hinaustrete, tritt sie auf mich ein. Ihre bestiefelten Füße heißen Wetterlage, sozialer Abstieg und die Pflicht zu überleben. Das dritte Bein, das mit der Pflicht, das tritt in mein Herz, tritt dauernd in mein Herz. Erst schlägt das Herz im Takt der Müdigkeit, dann kommt diese Pflichtveranstaltung, und das Herz regt sich auf, regt sich endlos darüber auf, will alles kaputt schlagen, das alte Herz, doch es braucht die Energie, um sich aufzuregen.

Diese Welt hat drei Beine und alle drei treten mir rhythmisch ins Gehirn, nein eins ins Herz, bis ich den Zwang empfinde, loszulaufen. «Lauf los, Barbara, lauf schon», so sagte es bereits mein Vater, als ich mich achtjährig über sein Feld bückte, um Rüben aus dem Acker zu klauben. Die Kindheit war voller Arbeit, die Jugend war voller Arbeit, und jetzt bin ich fast 75 und immer noch muss ich los, muss dieser Welt beweisen, dass ihre drei auf mich eintretenden Stand- und Performancebeine imstande sind, mich wach zu halten. So wach wie jetzt wollte ich nie sein.

Es regnet seit Stunden. Ein Samstagmorgen in dieser Metropole, die mich langsam einsaugt. Hinter mir schleife ich meinen Trolley, der hat eine Wichtigkeit, dieser Trolley, ohne ihn wäre ich eine dieser typischen verhungerten Alten, die irgendwo in anonymen Plattenbauten ihr graues, grausames Leben zu Ende leidenschaften. Der Trolley unterstützt mich in meiner kleinen Mission, die für mich überlebenswichtig ist.

Und dann laufe ich ein paar langsame alte Schritte und laufe und laufe, wo andere fahren, und der Regen weicht mich auf, macht mich zu einem aufgeschwemmten Weißbrot, das flussabwärts treibt, vielleicht dahin, wo Träume sind, wer weiß. Ich nicht. Ich treibe mit dem Strom. Und dann bin ich rastlos, das Stadtgewühl ein permanentes, und da ist die erste Tonne etwas größeren Ausmaßes. Gegenüber ein Musiklokal, also sind die Erfolgschancen relativ hoch. Ich sehe schon, dass um den Mülleimer fünf oder sieben Flaschen postiert sind, die ich erst mal alle nacheinander anfasse. Glücklicherweise alle noch ganz. Zwei sind nur halb leer getrunken, ich schütte die Reste auf den Asphalt, wobei mich eine Frau, die vorbeigeht, anschaut, als wäre ich eine seltsame Erscheinung. Aber sieh dich bitte um, gute Frau, ich bin bald die Norm, der soziale Abfall, der Müll suchen geht, um zu überleben. Ich will ja gar nicht viel. Die Frau hat bestimmt ein Leben, das die Notwendigkeit des Pfandflaschensammelns ausschließt. Noch hat sie so ein Leben.

So ein Leben hatte auch ich mal, da war mein Mann und mein Junge, und da war das Haus, in dem wir drei wohnten. Es war ein gutes Leben, ich hatte eine Funktion darin, eine, die mich mit der Wichtigkeit ausstattete, den Status Ehefrau und Mutter zu haben. Mein Mann starb sehr überstürzt an Krebs, der vom Darm überallhin ging, wo lebenswichtige Dinge waren. Ich begleitete ihn den steinigen Weg von Operationen, Chemotherapien und Bestrahlungen. Am Ende war er ein mit Chemie gefülltes glatzköpfiges Bonbon aus Schmerz. Saß da und weinte wie ein Kind, der gute Mann. Weinte wegen der schlimmen Schrecklichkeit des Schmerzes. Als es dann zu Ende ging, habe ich Gott gedankt für das Loslassenkönnen. Das war gar nicht so einfach, weil lang und schmerzvoll.

Mein Junge ist schon sehr früh ausgezogen, wollte eine Selbstständigkeit, wollte weg, hatte Ziele, die ich nicht verstand. Er mochte diese Computer so sehr, diese Fernseher mit Schreibmaschine davor, wie ich sie früher nannte, und da wollte er etwas erreichen, was sonst noch keiner erreicht hatte. Ich verstand nicht, worum es ging, aber seit er ausgezogen ist, habe ich ihn nie wieder gesehen. Das war vor über 40 Jahren, mein Mann erfreute sich noch allerbester Gesundheit und das Leben war ein gutes. Klar, ich konnte, musste den Jungen gehen lassen, er war ein kleiner fetter Schmetterling, der es auf die Entfaltung seiner selbst abgesehen hatte. Diese Geräte übten auf ihn eine sonderbare Faszination aus, was ich immer seltsam fand, denn auf mich übte Technik nie einen Reiz aus.

Ich greife in die nächste Tonne, während ich an meinen Sohn denke. Acht Cent pro Ekel, vorbei an schimmeligen Essensresten, manchmal auch Kotze. Oft zerschneide ich mir die Hände beim Griff ins dunkle, undurchsichtige Mülluniversum. Offene Wunden und Dreck. Eine sehr ungute Kombination, aber ich muss da durch, muss es machen, will ja was vom Restleben, will ja wach sein, aber so wach wie jetzt, wollte ich nie sein.

Beim Dönerladen in der Hoffmannstraße sehe ich zwei Ratten, die sich lieb haben. Die eine frisst Brotiges vom unratbedeckten Boden, während die andere sie zuckend und enthusiastisch von hinten penetriert. Wer frisst hier wen? Es ist irgendwas mit sieben Uhr morgens, der Regen ist weiter jemand, der mich unaufhörlich zusammenschlägt. Die Ratten interessiert das nicht. Sie sind Menschen gewohnt, Regen ist ihnen egal. Bei der Penetration zu essen, wer wünscht sich so was nicht? Ich gehe weiter. Suche Flaschen, suche Möglichkeiten, finde Wohlstandsmüll und keine Zärtlichkeit. Mein Verstand versucht meine Lage, meine Situation einzuordnen, aber er müsste an meinem Schmerzzentrum vorbei, um alles zu verstehen, was hier passiert. Die Tatsache, dass ich hier draußen um mein Leben kämpfe, scheint nur mich zu interessieren.

Ich verweile ein wenig vor einem Mehrfamilienhaus. Gegenüber ist ein Backwarengeschäft, es riecht nach frischen Brötchen, und ich imaginiere mit geschlossenen Augen eine kleine Familie um mich, mit der ich Brötchen esse und wir reichen uns Aufschnittteller und Margarine über den Tisch und lachen bei morgendlichem Kerzenschein, und die Tischdecke ist weiß, so hell wie der Morgen, und wir lachen uns um den Verstand, wir brauchen nicht mehr außer dies hier, diese kleine Gemeinschaft der mehrfach ungesättigten Fettsäuren. Ich rühre in einem Joghurt, der nach Erdbeeren und Plastik riecht. Ich öffne die Augen und der Brötchengeruch macht mir Hunger. Ich stehe aber vor diesem Haus für eine Pause vom Ekel des Mülltonnengreifens und schaue kurz die Ausbeute an. Im Trolley liegen vielleicht Flaschen im Gegenwert eines Brotes, einer Packung Käse und einer Flasche Saft. Das Haus ist riesig, ich suche etwas Schutz vor der Feuchtigkeit im Eingang. Der Regen prasselt gegen die Fassade, als wolle er sie zerbrechen.

Nacheinander betreten zwei Menschen dieses Haus, die unterschiedlicher kaum sein könnten. Zuallererst kommt ein Mann, der gerade das gegenüberliegende Bäckereifachgeschäft verlassen hat, auf mich zu. Dieser Mann sieht zunächst nach Wohlstand aus, er trägt einen gespannten Fassbauch vor sich her, der über dem Hosenbund des Jogginganzugs abknickt. Sein Bauch wirkt wie ein Felsbrocken am Abhang. Aber in seinem Blick ist nicht viel Wohlstand. Der Brötchentüte nach zu urteilen hat er eine große Familie. Der Regen macht ihm nichts aus. Er geht langsam, sein schwerer Körper wuchtet sich an meinem vorbei.

Anschließend kommt eine Frau, die eigentlich noch ein Mädchen ist. Sie bewegt sich wie eine Maus, aufgeschreckt vom Regenschauer. Sie ist das komplette Gegenteil dieses Mannes, wiegt vielleicht vierzig Kilo bei einer Größe von 1,70 m. Die Frau, die eigentlich noch ein Mädchen ist, wirkt sehr aufgeregt, fuchtelt mit einem Schlüssel an der Eingangstür herum. Als ich kurz ihre freigelegten Arme sehe, erschrecke ich ein wenig. Der Regen scheint sie direkt am Skelett anzurühren, so dünn ist die Frau. Sie wirkt wie zusammengeknülltes Papier, vom Leben in den Mülleimer geworfen. Aber als sie mich anblickt, lächelt sie ein schönes Lächeln, und ich lächel eins zurück, und wir verstehen einander ohne Worte und unsere Blicke sagen: Dieses Leben ist eine Sentimentalfahrt, deren Ziel nicht mehr bestimmbar ist, es gilt nur, in der Spur zu bleiben. Es bleibt eine Frage offen, die uns in die Gemüter flüstert: Wenn man die Kurve kriegt, was macht man dann damit?

Ich laufe weiter, für dreimal frühstücken muss der Trolley randvoll sein. Ich fühle mich wie ein Urzeitmensch, jagend und sammelnd, den Tag nutzend für das Überleben, zum Schaffen einer kurzfristigen Basis, so lange, bis die nächste Mammutherde aus Hunger und Elend meine Zeltstadt aus Ruhe zertrampelt und ich wieder in diese Wildnis muss. Dreckig, grau. Müde Gestalten im Neonlicht, ich passiere eine Einkaufsstraße, von der ich weiß, dass in der angedeuteten Dämmerung noch Menschen unterwegs sind, die auch aus Pfandflaschen Getränke trinken. Es liegt Hundescheiße auf dem Gehweg, die ich aber zu spät sehe und ein Rad des Trolleys durch die tierische Ausscheidung schleife. Es stinkt, aber es passt ins Gesamtbild. Ich wehre mich nicht mehr gegen die Scheiße, ich werde Teil von ihr.

Die Griffe in Mülltonnen gleichen einer Tombola, Scherben sind Nieten, Wasser- und Colaflaschen Hauptgewinne. Die Nullfünferbierflasche ist eine achtel Scheibe Käse. Ich greife, stinke, greife und bin kaputt. Die Bewegungen werden langsamer. Der Regen durchdringt meinen Körper. Weicht die Seele auf, macht aus allen wichtigen Organen Weichteile. Ich sehe Blicke aus Mitleid, Unverständnis, manchmal sogar welche aus Aggression, die in meine Richtung geschleudert werden, das ist unangenehm. Da sehen die Menschen eine Frau, die ihre Mutter oder Oma sein könnte, und die hat ihren Arm bis zum Ellenbogen in einem öffentlichen Müllbehältnis, und das Einzige, was den Menschen einfällt, ist dieser Blick, der Blick, der mich auszieht, mich in ein Kostüm aus publiker Peinlichkeit zwängt. Ich schaue nicht zurück, sondern greife, stinke, greife.

Nach ungefähr drei Stunden des Jagens und Sammelns ist der Trolley voll und ich gehe in einen dieser Supermärkte, die diese anonymen Pfandautomaten im Eingangsbereich stehen haben. Mein Rücken tut weh, so unglaublich weh, und auch die Hände sind aufgeschnitten. Ich glaube auch, dass die

Menschen, die hier in der Schlange mit mir aufgereiht sind, riechen können, in welchen Abgründen ich mich aufhalten muss. Obwohl übel riechenden Seniorinnen ja auch viel nachgesehen wird, dann ist man halt die, die nicht mehr imstande ist, ihren Hygienestatus aufrechtzuerhalten.

Ich bin an der Reihe und lasse Flasche um Flasche in den Untiefen des Automaten verschwinden. Das Band läuft. Abtransport. Von dem zu leben, leben zu müssen, was andere für entbehrlich halten, knabbert den Stolz aus der Seele. Das Leben, das ich führe, ist ein kleiner hungriger Vogel, einem fies-flatternden Kolibri gleich, der als Motor meinen kleinen Hunger befriedigen mag. Was sind schon soziale Leistungen, wenn sie fast jeder in meiner Gegend bekommt? Wohin soll das führen mit den Leuten, wenn der Amokkolibri in jedem von uns flattert? Mir wird schwindelig, die Welt tanzt um meinen Kopf. Endlich sind alle Flaschen drin. Fünfzehn Euro vierundneunzig sagt der kleine Zettel. Ich weiß nicht, wie lange ich das noch kann.

Das Hungerhaus

Erdgeschoss unten links.

Draußen die angedeutete Dämmerung und aus dem Dämmerzustand zieht es ihn hinaus, es zieht an ihm, ein ungewisses Gefühl, das seinen Verstand beleidigt. Er erinnert sich an die beleidigte Leberwurst, die er erst vor ungefähr drei Stunden klag- und klanglos auf ein Weißbrot gestrichen und verschlungen hatte. Dazu der Liter Cola, der sich in seine Kehle gesturzbacht hatte, und der jetzt prickelte und im Magen eine Unruhe machte und dann kam das Geräusch aus seinem Mund und ein Geschmackscocktail aus Leberwurst und Cola zurück an die Oberfläche der Wahrnehmbarkeit. Jetzt ist er wach, so wach wie jede Nacht, und er schält seinen Körper wie Fruchtfleisch aus der Schale seiner durchgeschwitzten Bettwäsche, und er kennt die nächsten Schritte sehr gut. Die Küchentür, die Kühlschranktür, das gelbe Licht, das die Dinge anstrahlt, die ihn auslachen, die alle seine Schwächen kennen, diese kleinen Dosen und Verpackungen lachen ihn kollektiv aus. Zeigen mit ihren winzigen Fingern auf ihn.

Er bemerkt einen Schmerz im Knie, dann im Rücken und dann das endlose Gefühl von Hunger, elendem Hunger, und seine gierigen Pranken langen in das Innere des Kühlschranks, ihn auszuweiden, sich an seinen Innereien zu ergötzen. Der Kopf ist aus, der Leib frisst, hockt starr und dick herum, lediglich leidvoll beleuchtet vom Licht des Kühlschranks. Selbstvergessen passiert es, und er blamiert sich vor sich selbst. Jeder

Bissen eine Blamage, eine Beleidigung, eine kleine Folter für das Ego, das er schon lange vergessen hat. In diesem aufgeblähten Leib wohnt noch ein Kind und das ist mit Fett gepolstert, damit die böse, dunkle Welt nicht herankommen mag. Leberwurst, Salami, Käse, Croissant, Milch, Butter, Schokolade, allesamt Schutzschilder gegen das mächtige Böse da draußen, dieses unglaubliche Unheil verursachende Leben. Der Rausch nur kurz, danach: Hunger.
Die Kühlschranktür lässt er offen, morgen soll sie ihn erneut anklagen, seine Schwäche bestätigen, endlich den Effekt entstehen lassen aus Fehlern zu lernen. Aber die Fehler haben keinen Geschmack mehr, alles abgeschmackt, kein Gefühl mehr zum Bewusstsein. Anstatt bewusst zu essen, aß er sich bewusstlos, die Leere seines Lebens zu füllen mit seinen Freunden Leberwurst und Weißbrot. Die Kühlschranktür lässt er offen, das kleine Licht leuchtet ihm den Weg. Er schält sein fades Fleisch wieder in die Bettwäsche, er versucht einen Schlaf, versucht ein Weinen, nichts funktioniert, außer dem Vorhandensein des endlosen Elendsgefühls wieder versagt zu haben vor der Versuchung. Und dann das Leid der Unbeweglichkeit, gefangen in der Fressnarkose, betäubt von endloser Leere, die man irrtümlich mit Nahrung zu stopfen gedachte, und jetzt der Versuch, nicht mehr daran zu denken, und der Fehlschlag ist ein Tiefschlag, tief platziert in den Eingeweiden.

Erstes Obergeschoss, rechts.

Sie starrt ins Nichts, das Nichts starrt zurück. Das Ding, auf dem ihre Eltern einige Sachen hingestellt haben, nennt sich

Esstisch. Auch der starrt, der Esstisch, aber sie will nicht von ihm essen, nichts. Sie starrt ins Nichts, das Nichts starrt zurück. Der Esstisch ist gut gebaut und hat vier Beine, und sie wünschte, er würde einfach weglaufen damit.

Sie schwitzt unter den Armen, ihre Mutter rührt in irgendeinem Kotzepudding, aber das berührt sie nicht, kommt nicht in sie, das Mühen der Mutter. Der Vater sitzt derweil auf dem Sofa, vor ihm ein gehirnanbellendes Vorabendfernsehprogramm, und durch den Spalt, den die Tür zwischen Wohnzimmer und Küche freigibt, kann sie seinen bösen Blick sehen.

Vor ihr hält sich ein Teller Suppe auf, der steht da, regungslos. Fettige Augen glotzen sie an, aber sie starrt ins Nichts, das immer noch zurückstarrt, und sie denkt: Verficktes Nichts, ich werde länger starren können als wie du. Das Nichts sagt nichts, ist sich aber seiner Funktion als Nichts bewusst. Da muss man nicht viel erzählen, wenn man das Nichts ist.

Sie will sein wie eine Zeichnung, an der ständig ein Radiergummi arbeitet. Hier ein bisschen an den Hüften radieren, ein wenig am Hals und vielleicht am Po, ja am Po auch. Sitzen will endlich wieder wehtun. Sie will verschwommene Ränder, unklare Konturen, ein mit Pergamentpapier bespanntes Skelett. Das Radiergummi soll weiter an ihr arbeiten.

Da kommt ein Ekel, wenn sie die Mutter an Töpfen wirtschaften sieht, wie sie Kotzepudding kocht und dabei so mütterlich guckt. Immer auch ein bisschen weinerlich. Das sind Erpresserblicke weiß sie und tut sich Suppe auf den Löffel und die Hand zittert, der ganze Arm zittert, der ganze Mensch zittert ja fast, und das allein, so weiß sie, ist schon mehr Energieverbrauch, als dieser gefüllte Suppenlöffel ihr zurückgeben kann. Sie führt das Ding zum Mund, sie führt nicht oft etwas zum Mund, nur wenn sie hier ist, bei den Eltern, und diese schauen Blicke aus Vorwurf, Boshaftigkeit und Desinteresse in ihr Antlitz. Das tut weh und sie isst. Die Suppe wird weniger, und sie lächelt und auch die Mutter lächelt, rührt Kotzepudding und fragt: «Pudding?», und sie schüttelt den Kopf und steht auf und geht wortlos am Vater vorbei, der sie wortlos anschaut, und tendiert zur Toilette.

Sie hat gelernt, sich geräuschlos zu erbrechen, und sie erbricht sich geräuschlos. Sie starrt in den Spiegel und der Spiegel starrt zurück. Kalter Schweiß. Sie mag den Geschmack von Magensäure am Gaumen, es ist wenig, aber es reicht für eine minimale Stimulanz des Glückszentrums. Der Spiegel starrt und wirft ihr Skelett in den Raum. Ein erbärmliches Monument aus 10 Prozent mehr als Leben, Tendenz fallend. Die dürren Hände vor dem Gesicht verbergen das Gesicht, lassen es hinter sich verschwinden, das kleine, mattleuchtende, minimal durchblutete Gesicht, das seinen Ausdruck verlor. Dunkle Lider singen Lieder vom Nährstoffmangel. Und nichts ist so schön wie die Betrachtung der eigenen Arme, die einfach nur baumeln, als hätten sie keine Funktion, aber man kann darunter das Skelett anfassen und sich ganz innen streicheln. Sei zärtlich, Mädchen, sei zärtlich zu deiner Knochenhaut, denkt sie.

Nochmals bückt sie sich über die unlängst vollgespeichelte Keramik und lässt es geräuscharm niedertröpfeln. Die Suppe, die ehemalige Suppe glänzt unverdaut am Keramikrand, und dann steht sie auf und das Zimmer wackelt, ist aber gut, dass was wackelt, wenn nichts mehr wackelt, ist man vielleicht schon tot. Sie drückt diese Taste auf dem Spülkasten, die sie öfter drückt, als sie pinkelt, und geht zurück ins Wohnzimmer, dann in die Küche, der Kotzepudding ist fertig. «Nein Mama, ich bin satt.» Und die Mutter guckt wie nach einer energischen Ohrfeige.

Zweites Obergeschoss, Mitte, drittes Programm.

Hildegard fährt Fahrrad und bewegt sich keinen Zentimeter vorwärts. Sie fährt auf ihren Fernseher zu. Drittes Programm. Zwischendurch trinkt sie Wasser.

Er liegt auf einer Matte im Staub, zu schwach zum Sitzen oder Stehen. Die Sonne prall. Hildegard schwitzt. Er schwitzt auch, zwei Meter von ihm entfernt gäbe es Schatten. Da liegen noch andere. Er aber ist zu schwach, dorthin zu kommen, und anfassen mag ihn auch keiner mehr.

Hildegard ist unzufrieden mit der Gesamtverfassung ihres Erscheinungsbildes. Fahrrad fahren sei ein guter *Fatburner*, so sagte der Verkäufer dieses Teils, auf dem die Hildegard jetzt sitzt, und Hildegard mag Fett verbrennen auf diese Weise. Das dritte Programm hilft, dass ihr nicht langweilig wird. Hildegard trinkt einen Schluck.

Seine Haut ist mattbraun, er wirkt wie vergessene Schokolade im Sonnenschein. Zerlaufen auf staubigem Boden. Er liegt da ganz still, einzig die flache Atmung und ein etwaiger Lidschlussreflex bestätigen, dass es sich hier um einen lebenden Menschen handelt. Fliegen laufen ihm durch das Gesicht zu seinen geröteten Augen hin. Er ist zu schwach sie zu verjagen, und als die Kamera die Fliegen erfasst, wird Hildegard ein wenig unruhig.

Die Fernbedienung ist nicht in Griffweite, sie hätte jetzt gern umgeschaltet auf das Vierte, da läuft nämlich eine Talkshow zum Thema: Meine Schwiegermutter schlägt mich und es macht mir Spaß. Aber jetzt denkt sie noch, sie will es sich geben das kaputte Leben, die Echtheit von allem, einfach mal wieder Mitgefühl haben, das macht ja kein schlechtes Gesamtgefühl, dieses Mitgefühl, also wenn man spürt, dass da noch was zum Fühlen ist, zum Hinspüren. Die Hildegard spürt hin und fühlt nichts. Sie schwitzt und findet sich kritisch. Der Moderator sagt: «Bürgerkrieg, AIDS, Bodenunfruchtbarkeit.» Hildegard fährt weiter, irgendeiner redet über Heuschreckenschwärme. Und dann ist er wieder im Bild. Hildegard trinkt Wasser.

Neben ihm ein Arzt, und der erklärt den dicken Bauch und dass er auf die Organe drücke und schmerze. Dann wird der ganze Körper erklärt und jede Auffälligkeit als Grafik dargestellt. Hohe Wangen, tiefe Augen, am Nacken sieht man die Wirbelsäule fast aus dem Körper kriechen. Er bewegt sich nicht, denkt vielleicht an Wasser oder an Liebe. Hildegard fährt weiter. Er schaut sie im Staub liegend an, ganz ohne Vorwurf, ganz ohne Mitleid erhaschen zu wollen, er guckt nur, weil nichts anderes mehr geht und Hildegard verbrennt ihr Fett.

Komm, Hildegard, noch einen Kilometer. So feuert sich Hildegard selbst an, in 900 m, da liegt die imaginäre Ziellinie, und sie fährt und schwitzt und er guckt und schwitzt nicht mehr und sie fährt, und es sind noch 450 m, dann hat das Gewissen nichts mehr zu beißen bei ihr, noch 200 m und sie lächelt und er guckt, noch 100 m und er schließt die Augen und wird sie nie wieder öffnen. Hildegard ist am Ziel.

Frohgefitnesst steigt sie ab, lächelt, da liegt ja ein Handtuch, das das schweißnasse Gesicht trocknet und Hildegard lächelt. Da ist ja auch die Fernbedienung und tatsächlich, eine Talkshow, allerdings ein anderes Thema, als in der Fernsehzeitschrift angekündigt wurde: Hilfe, ich bin ein Frustfresser.

Später am Tag schaltet sie um und noch mal um und dann sieht sie zwei junge Leute, die ihre Kinder sein könnten, die in einen Gerichtssaal geführt werden. Fotoapparate blitzen auf. Angeblich haben sie ihr Kind vom Balkon geworfen. Hildegard guckt. Hildegard weint ein bisschen, man sieht es nur nicht, es ist ein unsichtbares Unsicherheitsweinen, das doch jeder hat, der Mitgefühl für sich beansprucht und ausstrahlt. Hildegard isst einen Joghurt, Erdbeer-Rhababer. Ein Gefühl, das nicht zu beschreiben ist, man muss aber auch seine Gefühle nicht immer beschreiben, denkt die Hildegard, warum auch, viel zu anstrengend. Sie ist halt einfach da, mit ihr sind da diese Gefühle, dieses Mitgefühl. Und ein kleiner Löffel baggert sich durch rot eingefärbten Milchschlamm, und der Löffel geht zum Mund und der Mund saugt das in sich; und das Gefühl dafür sowie das Gefühl für alles, was von Belang ist, das ist irgendwie weg, und Hildegard könnte weinen, ja laut weinen und mit den dicken Beinen auf den Fußboden stampfen, das könnte sie jetzt wegen dieser endlosen Gefühlsleere da in ihr drin, aber ihr Therapeut hat gesagt, dass man alle Sorgen weglächeln kann. Hildegard lächelt. Weg.

Til, schweig er

Das Kind schreit schon wieder, immer schreit das Kind. Es ist nicht gut, wenn das Kind schreit, das regt mich auf, und Aufregung ist nicht gut, aber noch schlimmer ist es, wenn das Kind schreit.

Ich weiß nicht, warum das Kind schreit, es ist ganz neu, das Kind, und jetzt liegt es hier und schreit. Nachdem ich ihm Essen gegeben hatte, schrie es immer noch, noch lauter als zuvor. Kackkind.

Meine Frau steht auf dem Balkon und raucht, sie raucht viel, die Frau, und immer guckt sie dabei so traurig, wie ich mich fühle. Ich will diese Traurigkeit nicht, ich will nicht immer traurig sein müssen. Das beißt, das hält mich auf, ich bin doch grad mal dreiunddreißig, und jetzt leben wir hier zu dritt; und das Kind schreit und die Ruhe ist weg und die Liebe auch, wenn da je welche war, aber Ruhe war da mal. Und das Kind schreit und ich könnte irgendwas an die Wand werfen und gucke auf den Balkon, da steht die Frau und guckt so komisch und denkt sich was und raucht und sieht dabei aus wie eine Frau, die nicht weiß, warum sie da stehen und rauchen muss und deren Leben eigentlich an anderen Orten stattfindet.

Meine Frau heißt Susanne, Susi hab ich sie immer genannt, und als wir uns auf dem Schützenfest kennenlernten und sie unser Lied spielten (es war eins von Bernhard Brink und ich vergesse andauernd den Text) und Susanne in meinen Armen tanzte, da dachte ich, jetzt bin ich glücklich, so soll es sein. Sie war so weich, die Susanne.

Ich hatte da noch Arbeit, Schuberts Schlosserei. Kleiner Familienbetrieb und der Chef, also Schubert selbst, ist ein Arschloch. Der hat mich rausgeschmissen, weil ich Material genommen habe von dem Stapel mit dem Material. Ich konnte es nicht mal gebrauchen, hab es aber genommen, weil ich dachte: Haben ist besser als nicht haben. Susanne war damals schwanger. Schubert hat behauptet, ich sei ein Dieb, aber ich war doch nur ein Arbeiter, der dachte: Haben ist besser als nicht haben; und ich hab vom Material genommen und das hat der Schubert ganz ernst genommen und ich musste gehen. Ich habe damals geweint, aber niemand hat das gesehen.

Verdammt, das Kind schreit und Susanne guckt rein, als ginge sie das nichts an. Ich beginne das Kind zu hassen, weil es nur schreit, auch wenn man ihm Essen gibt oder es kurz mit der Hand lieb hat, es schreit einfach weiter, und ich will, dass das aufhört.

Es ist nicht einfach so ein Schreien, bei dem ich denke: Ja, Kind, so machst du auf dich aufmerksam und das ist deine einzige Möglichkeit, mit der Welt in Kontakt zu treten. Was im Kind selbst drin ist, weiß ich nicht, ich weiß nicht, was es denkt, das Kind, aber ich will, dass es endlich die Fresse hält, bevor dieses Hochtongefiepe meine Nerven in Stücke fetzt.

Susanne raucht. Sie ist nicht mehr schön. Sie hängt. Seit das Kind da ist, seitdem hängt sie. Das Kind hat sie Till genannt, der kleine Til, dessen Namen ich total bescheuert finde, aber Susanne mag diesen Schauspieler, der Werbung für Bier macht und nur ein Gesicht kann. Und grau ist ihre Haut geworden, so Elefantenfarben hat sie angenommen, und der kleine Til schreit, aber ich merke grad, dass der kleine Til gar nicht der kleine Til ist, sondern nur ein Ding, das Lärm macht, und Susanne steht draußen und raucht und jetzt kommt sie rein.

«Das Kind schreit», sag ich, und Susanne sagt nichts, sondern geht zum Kühlschrank und macht die Tür auf, isst und trinkt was, was mit Wurst und was mit Alkohol, und dann kommt sie zurück und sagt: «Ich weiß.» Und sie hängt und sieht traurig aus und fast tut sie mir leid. Würde ich sie lieben, täte sie mir leid, doch sie hat unser Leben doof gemacht durch die Schwangerei. Die kack Susanne. Susi.

«Wie lange schreit das Kind schon?» Susanne setzt sich zu mir und sieht mich wie eine Mutter an, die ohne mütterliche Gefühle durch ein zufälliges Leben stolpert und sich fragt, wie lange der kleine Til schon schreit. «Er wird mal Sänger oder Schauspieler», sagt sie noch und guckt ganz komisch, und dann geht sie ins Kinderzimmer und der kleine Til ist dann bei uns im Wohnzimmer und er schreit, als ob er wüsste, wie sich meine Trauer anfühlt, und sein Gesicht ist ein Haufen Mensch verformt zu einem Schrei. Ein einziger Schrei, das ganze Kind ein einziger Schrei, und Susanne schaukelt den kleinen Til und spricht was in sein Gesicht, und der kleine Til hört ganz kurz auf zu schreien, ganz kurz ist es ganz still und es ist wieder so wie früher, als Susanne, die mal Susi war, und ich hier saßen und uns anguckten und lieb hatten. Dann plärrt er weiter, der Til, und plärrt und stört mein Leben.

Dann schaukelt die Susanne den Til und der wird immer lauter, finde ich; und ich muss aufstehen und um den Tisch gehen, weil ich so nervös werde und die Susanne und auch den Til hauen will. Ich will beide hauen, sie, die schuld ist, dass er hier ist, und ihn da, ihn auch, der einfach nicht aufhören kann, mich in Ruhe zu lassen. Ich gehe auf den Balkon und sag zu Susanne: «Ich rauch eine.» Sie sieht müde aus und schaukelt den Til, der noch mal lauter wird, und dann steh ich auf dem Balkon und die Flamme kommt in mein Gesicht und es tut so gut zu rauchen und ich rauche, weil das so ist. Dann steht Susanne neben mir und legt den kleinen Til auf die Balkonbrüstung. Til schreit. Sie gibt ihm eine leichte Hilfestellung, nicht so tief mit uns in dieses Leben zu müssen. Til schreit. Til fliegt. Til schweigt.

«Das Kind ist vom Balkon gesprungen.» Susanne guckt mich an und geht dann rein. «Ich hab's gesehen», antworte ich ihr und gehe auch rein. Im Wohnzimmer ist es leise, so unendlich leise ...

Ich habe die Frau niedergestochen, die sie Heulsuse nannten …

Die Realität ist oft schlimmer als die Wirklichkeit.
Berti Vogts

Weiße Kacheln. Sehr schön. So sieht Hygiene aus. Ich liebe Hygiene. Das ist wichtig für mich; sehr wichtig, sie um mich zu haben, diese sanftmütige Sauberkeit.

Das Leben als Schaukelstuhl und der subversive Heimatfilm im dritten Programm stellen dir die durchaus berechtigte Frage: «Alte, geht's noch?» Zunächst habe ich darauf keine Antwort, bin zurzeit ein wenig zurückhaltend mit Antworten, die über ein zumeist nicht ernst gemeintes, halbseidenes «Ja» oder «Nein» hinausgehen wollen.

Ich bin ohne meinen Mann in den Urlaub gefahren, manchmal glaube ich, wir lieben uns nicht mehr. Ich vermisse ihn nicht. Ich ahne, die Liebe löst sich nicht auf, die Liebe endet einfach so.

Und manchmal sagst du: «Es geht mir gut, so richtig gut geht's mir», mit einer Euphorie in der Stimme, deren Gegenteil du empfindest, und du schaust dir diese verwelkende Stadt an und willst sofort eine andere haben, eine andere Stadt mit anderen Menschen, die andere Gefühle in dir auslöst als diese ewig gleichbleibende stumpfe Gelassenheit.

Absolute Orientierungslosigkeit. Das Hotel ist hier sehr verzwickt, wie ein Irrgarten fast. Ich arme Irre irre umher. Aber: Man kann hier immer jemanden fragen, sehr schön ...

Sowieso: Gelassenheit, was ist das eigentlich für ein Scheißgefühl? Da sitzt du vollgejägermeistert im Bad im Hotel und willst weinen oder schreien, aber nichts geht mehr, und dann denkst du an Robbie Williams, die Drecksau, der schafft das auch immer, aus diesen depressiven Löchern zu klettern, und mit dem letzten Bier am Fenster singst du: «... and I feel that love is dead, I'm loving angels instead.» Du trinkst und willst nicht aufgeben. Aufgeben hieße, den Tod zuzulassen, obwohl man die Möglichkeit hätte zu leben. Pah, Gelassenheit, du kannst mich mal, lieber einen Ruhepuls von 199 als mit Mitte dreißig nur noch die Entscheidung zwischen The North Face und Jack Wolfskin als wirklich wichtig für den Winter zu erachten. Deine Heizung steht auf drei, trotzdem frierst du und du kennst den Zusammenhang.

Erst gestern traf ich eine zerbrochene Frau in einem Café, sie sagte, sie wäre mehrfach vergewaltigt worden. Es schien mir, als hätte sie kaum mehr einen eigenen Willen, die Arme, und alles, was sie sagte, wirkte, als habe es ihr ein Therapeut auf die Zunge genäht, um sie überhaupt überlebensfähig zu halten. Sie trank einen Café Latte, ich einen Cappuccino. Das arme Ding ...

Irgendetwas in dir steht still, du regst dich nicht mehr über modebewusste Antifaschisten auf, die dich wegen deiner braunen Strickjacke angepöbelt haben, und auch nicht über die Unfähigkeit der meisten Leute, gute Musik von schlechter zu unterscheiden. Du denkst über Altersmilde nach und darüber, wo du morgen sein wirst, wenn die Sonne aufgeht. Du denkst über gute Musik nach und willst bald mal wieder welche hören. Du denkst über dein Leben nach und dass da irgendwo eine Unordnung entstanden ist, die aber aufräumbar ist. Du denkst über Liebe nach und vermutest sie da, wo du nicht bist, aber immerhin in der Nähe.

Gestern habe ich von einem fliegenden Kind geträumt. Ein Säugling mit Flügeln, wunderschön. Das Kind flog um meinen Kopf und lächelte dabei.

Und manchmal spiele ich, um mich zu beruhigen, das schöne, kleine, aber sehr einsame Spiel: Imaginiere dich zurück in den Bauch deiner Mutter. Das geht so: Man schließe die Augen und erinnere den frühest erinnerbaren Zeitpunkt seines Lebens und dann versucht man, sich rückwärts am Zeitstrahl seines Lebens entlangzuhangeln. Wenn man dann irgendwann eine blutdurchwaschene, fette Möse von innen sieht, hat man gewonnen. Man kann erneut geboren werden. Und das Ursprungsproblem, das man dann vorher hatte, ist dann weniger schlimm. Und irgendetwas in dir bewegt sich, und du weißt, dass der rote Klumpen im Brustkorb die Rotation mag, die du ihm gestattest. Damit gibst du deinem Leben die Wichtigkeit, die es tatsächlich zu haben scheint.

Urlaube in Einzelzimmern sind die allerbesten, ist mir gestern eingefallen, und außerdem: Das Buffet ist ja wohl der Hammer, allein der Kaffee ist hier mehr wert als zuhause meine ganze Küche ...

Du sitzt an deinem gedanklichen Kamin und zählst die Schritte, die du bis hierher gelaufen bist, und bilanzierst dir etwas, was völlig egal ist. Denn die Schönheit der Möglichkeit der vom Kaminfeuer deiner gedanklichen Bewegungen beschienenen Eigendynamik liebt dich. Du lächelst, und der Engelschor in deinem Kopf fängt wieder an zu singen.

Weite. Stille. Endlosigkeit. Ein Gefühl wie ein Gespräch mit dem Ozean. Aus dem Rauschen des Meeres entwickelt sich Gesprochenes. Der Ozean erhebt seine Stimme. Eine Stimme. Eine Stimme?

«Frau Susanne Kronlich?» Jemand sagt meinen Namen und berührt meine Schulter. «Ja», sag ich und kann kaum die Augen aufhalten. «Hier, Ihre Medikamente, wir haben die Dosis erhöht wegen der Beerdigung ... der Beerdigung Ihres Sohnes, Sie werden gut schlafen können.» «Entschuldigung», sag ich noch, fühle mich Wasser trinken und irgendwas schlucken, «entschuldigen Sie, ich habe kein Kind.»

Fliegen. Irgendwann werde ich nach Hause fliegen, aber es ist grad so schön hier ...

Sein Butterbrot hat der Mann nur halb aufgegessen

Und da kommen wir von diesem PaarBQ, die Luft ist gut für gute Menschen wie uns, und sachte weht da ein lauer Abendwind durch unsere Welt der grundsätzlich Besserverdienenden. Unsere Anziehsachen sind Ansichtssachen. Die Jobs, in denen wir leben, sind so sicher wie die Armen in der Kirche, und es mangelt uns an nichts Materiellem, denn Einkaufen ist ein Sport, und wir beiden sind sowohl Leistungs- als auch Tütenträger. Wir tragen Leistung wie gute Klamotten. Wir tragen Tüten mit guten Klamotten, wenn wir aus guten Geschäften mit freundlichen Menschen gehen. Der Stil ist unser. Wir sind der gehobene Mittelstand, und wir haben allerhand zu bewältigen in diesem Leben. Weil die Krise uns nicht berührt, gibt es sie nicht. Wenn ich irgendwie politisch wäre, ich trüge ein Banner, auf dem «Save Capitalism» zu lesen wäre.

Wir repräsentieren diese Menschheitselite, die sich in Museen auskennt, die Großkunst der Kleinkunst vorzieht und sich vorzugsweise nicht mit Politik belastet, denn dafür haben wir ja die Demokratie, die uns beständig über ihre Wohltaten in unsere wohltemperierten Wohnzimmer hinein informiert.

Wichtig ist unsere Repräsentanz. Wir sind die Mitte der Gesellschaft, der Punkt, um den sich alles dreht und wendet, aber unzufrieden mit allem, was Mittelmaß ist. Erst kürzlich waren wir mit einem befreundeten Paar im Theater und ließen *Goethes Faust* auf uns einhämmern. Wenn man mich heute fragte, was exakt dargeboten worden war, ich könnte den Titel des Stückes nennen, alles Weitere war bloße Repräsentanz. Unser Dabeisein mag Oberflächlichkeit symbolisieren, aber das, was darunter ist entbehrt ja nicht einer gewissen Gefahr. Unter der Oberfläche könnte etwas lauern, was unsere Leben aus dem Takt bringt, in den es sich gerade so wunderbar eingegroovt hat.

Die Straßen sind leer, und Nataschas Handtasche ist voll und fast so neu wie ihre Nase. Das Altern hat sie nie gelernt, sagte sie mal, und ich schenkte ihr diese Nase, da ihre Originalnase schon ein Alter vorwies, das Natascha vehement verweigert. Die neue Nase steht ihr gut, sie funktioniert wie die alte. Kosmetisch ist ebenfalls alles gut gelungen. Die Handtasche schenkte ich ihr zum Trost wegen der doch wohl schmerzhaften Operation, über deren Nachwirkungen sie wehklagenderweise auf dem Sofa lag, und ich kam zu ihr und sagte: «Weine nicht, meine Schöne, alles wird sein, wie du es willst, hier drin sind Taschentücher aus Seide, die Tränen deiner Wehklagerei abzuwischen.» Und Natascha lachte, und die Tasche ward vor ihrem Auge geschwenkt und sie griff danach wie ein Kind, dem ein Triebtäter Schokolade hinhält, und liebte mich wieder ein Stück ergriffener. Das tat mir gut. Das tat ihr gut. So geht Liebe. Irgendwie.

Wir also, die Nase, die Tasche, Natascha (was eigentlich Nase und Tasche gut zusammenfasst) und ich kommen von diesem PaarBQ und wieder wehklagt sie etwas: «Du, meine Geldbörse, sie ist so leicht von diesem Einkauf für sinnentlernte Unterhaltungselektronik, den wir am frühen Nachmittag machten, lass uns noch mal zu einem Geldinstitut, den Automaten surren lassen.» Ja, das ist so ein Spiel bei uns, «den Automaten surren lassen». Immer, wenn wir es wollen, surrt er, und ewig blättert er uns die Summen hin, nach denen wir verlangen. Und wir beiden lieben das, wir mit unseren Geld bringenden Arbeitsplätzen, die uns so stabil und volkswirtschaftlich relevant machen und uns derart sozial absichern, dass uns nichts mehr auf den Beton der Tatsachen reißen könnte. Unsere Leben fußen auf keiner Überlebens-, sondern auf einer Gewinnstrategie. Wir hören den Automaten so gerne rascheln, wie er die Banknoten in eine Plastikschale schießt und dabei schnurrt wie eine fette Katze vorm prasselnden Kamin.

Dieses Geldautomatenraschelgeräusch ist definitiv in den Top 3 meiner Lieblingsgeräusche:

Top 1: der Klingelton meines iPhones mit der Titelmelodie von Knight Rider.

Top 2: eben jenes Geldautomatengeschnatter.

Top 3: das feine Geräusch, das leicht angetrockneter Speichel macht, wenn sich Natascha wie aus dem Nichts, zum Beispiel nach Einführen von Banknoten in ihre Geldbörse, ein Lächeln ins Gesicht reißt.

«Da drüben gibt es Geld», mutmaßt Natascha, wird ein wenig nervöser als bei unserer ersten Verabredung und bewegt sich schnellen Schrittes auf das Eingangsportal der Sparkasse zu. Der Schalterraum ist einladend kalt mit Halogen beleuchtet. Wir stehen dann vor diesem Geldinstitut, und Natascha führt ihre EC-Karte in einen Schlitz neben der Schiebetür ein, die mit einem unangenehmen Geräusch aufspringt. Da müssen auch mal Sounddesigner ran, finde ich, dieses Geräusch, das automatische Schiebetüren an Bankeingängen machen, die in die Schalterhalle führen, ist wirklich grauenvoll. Es sollte auch so klingen wie das Rascheln am Banknotenauswurfschlitz des Geldautomaten. Alles sollte so klingen wie das zweitschönste Geräusch der Welt.

Wir betreten die Eingangshalle und plötzlich drängt sich der Geruch von Kotze und Urin in unsere olfaktorische Wahrnehmung. Der Geruch ist wirklich aggressiv und bekommt dadurch seine unverdiente Aufmerksamkeit. Und dann sehen wir das Ausmaß der menschlichen Tragödie, die sich lang gestreckt unter der Dreierreihe der Geldautomaten zur Ruhe gelegt hat.

Da liegt eine Art Mensch, so ein Obdachloser, liegt da einfach in seiner vollgekotzten Bekleidung und in seiner eigenen Urinpfütze und kratzt sich am blutigen Schienbein. Seine gelbschwarzen Fingernägel reiben blutigen Schorf vom Bein, das in einer Hose steckt, die mehr Loch als Hose darstellt. In der Hand führt er irgendeinen Fusel mit, der wie das Zeug riecht, mit dem man im Winter zugefrorene Türschlösser enteist. Wahrzunehmen scheint er uns erst mal nicht, erst als Natascha fast über ihn stolpert und daraufhin einen Schrei ausstößt, der mir fast die Trommelfelle zerreißt. Da gerät Leben in den obdachlosen Körper, und er bewegt seinen Kopf in unsere Richtung und murmelt irgendwas, und Natascha weicht zurück wie ein schreckhaftes Reh und stellt sich hinter meinen Körper. «Was'n hier los, wer seid'n ihr?», will der Mann ohne Heim von uns wissen, und ich spüre wie Nataschas Körper hinter mir vor Angst vor Krankheiten oder Überfall vibriert.

Der Obdachlose begibt sich langsam in eine Art aufrechte Haltung, dabei fällt ihm seine Glasflasche mit dem Schlossenteiser um, und er beginnt ein lärmendes Fluchen: «Ach hier, scheiße mit der Scheiße hier, schäbige Scheiße, verdammte Untat.» So entfleucht es dem Pennermaul, und dann bricht die ganze Menschlichkeit aus ihm heraus, die wohl noch in ihm steckt, und er beginnt ein jämmerliches Weinen. Es beginnt ganz zaghaft, wie ein Kind fast, Mundwinkel zucken, Augen werden schmal und dann drückt sich Wasser durch die Netzhäute und ein Winseln tritt hinzu, und nach dem Winseln sturzbacht ein Geflenne aus ihm, das ich bislang nur aus dem Fernseher kannte, es klingt wie das Wehklagen irgendwelcher Mütter aus dem Nahen Osten, die ihre Kinder während Autobombenattentaten zerschreddert bekommen haben. Auf diese Weise weint er und Rotz tritt aus seiner Nase, wird mit dem schorfigen Handrücken entfernt und erneuter Rotz, der aussieht wie gelbgrünes Weingummi schlängelt sich aus dicht behaarten Nasenlöchern in unsere Wahrnehmbarkeit.

Das Heulen dauert an, und ich spüre, wie Nataschas Hand die meine drückt, und als ich mich zu ihr umsehe, hat sie sich ein seliges Lächeln ins Gesicht gerammt, das Lächeln guter Menschen. «Komm, wir nehmen ihn mit», sagt sie dann zu meiner völligen Überraschung, «lass uns den kaputten Mann mit nach Hause nehmen und was Gutes tun.» Ich zweifle. Ich meine, Charityposing ist die eine Sache, aber eine Toilette mit blutigem Alkoholikerdurchfall zu säubern eine ganz andere. «Aber der ist dreckig und stinkt und hat Krankheiten, die er in unser Haus tragen wird», gebe ich zu Protokoll. «Ach komm, wir haben so lange nichts Gutes getan, machen wir ihm ein Essen und gewähren wir ihm ein Bad und dann geben wir ihm ein wenig Geld, dann weiß auch er mal, dass das was Gutes ist, Geld zu haben. Lass uns caritativ sein, nun komm.» Ihre neue Nase stupst mich an mein Ohr und wie könnte ich dieser Nase irgendeinen Wunsch abschlagen. Ich reiche ihm also den Unterarm, an dem er sich zitternd festklammert, immer noch weinend. Natascha läuft auf Zehenspitzen durch die Hinterlassenschaften des Mannes, durch diesen See aus Kotze, Blut und Spirituose. Der Geldautomat schnattert kurz darauf, und ich höre dieses Geräusch, dieses winzige Geräusch, das ihr angetrockneter Speichel an ihrem Mundwinkel produziert. Natascha lächelt.

Ich sitze in der Küche. Auf dem Stuhl direkt an der Heizung. Mit Designergürteln und dem Verlängerungskabel aus dem Wohnzimmer bin ich gefesselt. Außerdem habe ich einen Socken im Mund, der nach dem Leben auf der Straße schmeckt. Im Schlafzimmer wird Natascha vergewaltigt; wenn ich richtig gezählt habe, ist es das siebte Mal. Sein Butterbrot hat der Mann nur halb aufgegessen ...

Die okayen Leute naschen vom kulturellen Kuchen

(und verbrennen sich den Dickdarm)

«Goethe ist in der Stadt.» Jörg ist ganz aufgeregt, tut aber, als hätte er statt warmem Kinderblut Eiswasser in der Blutbahn. Coolness rules and ruleness cools. Jörg hat ein neues Sakko an, es steht ihm ausgezeichnet, findet er. Jörg meint zu Sandy, dass ins Theater zu gehen ja echt mal eine Aufwertung des Lebens darstellen würde. Egal, in welches Stück, Hauptsache ist doch, dass es in einem Theater gezeigt wird. Danach kann man immer noch sagen, dass einem die Inszenierung aber mal so gar nicht zugesagt habe. «Sie spielen den Faust, Goethes Faust, kennst du doch, oder?» Sandy nickt und Jörg reicht ihr eine Zeitung, in der es von kulturellen Belanglosigkeiten nur so wimmelt. Da ist von einer Inszenierung die Rede, von preisbeschmissenen Darstellern und Regisseuren, von einer Aufführung, die man sehen MUSS. Ja, bei so viel Zwang können dann Jörg und Sandy nicht widerstehen. Eigentlich hat keiner Lust auf Theater, eher darauf, damit seine eigene Existenz in einen Blütenrausch zu schicken. Aufwerten, das Mistleben. Ich kann Theater, ich kann zwei Stunden still sitzen, nicht einschlafen und danach eine Meinung haben. Wie schön, wie gut, wie richtig. Es fühlt sich gut an. Vorhang auf.

Es ist eine Verpflichtung jedes Menschen in Westeuropa mindestens acht Mal im Leben einen Theatervorhang auf- und auch wieder zugehen zu sehen und sich gefälligst in der Zwischenzeit zu amüsieren. Nicht diese Kinoscheiße. Die kann doch jeder Idiot. Kino ist was für kulturell Komatöse. Theater ist das, was einen wichtig macht, was einem die Rechtfertigung gibt, rauchend mit einem langen schwarzen Mantel bekleidet vor einem alten Gebäude zu stehen und in sich die pure Angst erkennend, dass es langweilig werden wird, oder dass man es einfach nicht versteht oder dass es langweilig werden wird, weil man es einfach nicht versteht. Das Schauspiel, die Schlauspieler, alles groß, Großkunst. Deswegen muss man da hin, weil Theater groß ist und erhaben und sich gerne erhebt und die Menschen mit Angst erniedrigt oder begeistert oder einfach nur langweilt.

Davor haben die Leute doch Angst. Davor, dass Zeit vergeht, die man einfach so ungefüllt vorbeiziehen lässt. Das Leben ist doch viel zu kurz, um bloß zu existieren. Das kann doch jeder, existieren. Sinn muss rein ins Leben, möglichst viel und vor allem möglichst eindeutig. Die Zeit ist nur ein Gegner, den man doch eh nicht kontrollieren kann, allerhöchstens dokumentieren. Dann schaut man auf seine tolle, neue Armbanduhr und weiß, wem die Stunde geschlagen hat. Zeit ist ein Arschloch, aber ein allgemein akzeptiertes. Sie sitzt gern mit uns in Cafés und hängt gern ab. Zeit läuft und rennt und rennt und kommt nie an, und bevor einem der Kopf explodiert wegen der Erkenntnis von Vergänglichkeit und ähnlich Widerlichem, da füllt man doch lieber seine Tage mit irgendwas, Anziehsachen kaufen, Klingeltöne runterladen, Mobile

Books lesen oder eben: Theater. Ja, genau: Theater. Sitzreihe um Sitzreihe kulturelles Aufbegehren.

Die okayen Leute reden noch über andere kulturelle Happenings, die ihnen in letzter Zeit widerfahren sind. Da wäre zum Beispiel der neue Film von wem auch immer, der einen so intensiven Zauber auf die Kinoleinwand geschleudert hätte, dass einem die Gefühle nur noch durch die Tränendrüse artikulierbar sind. Ein anderer hatte ein Konzert gesehen, ganz neue unbekannte Band, so eigen alles, so noch nie gehört, so unglaublich Indie, und Indie sei ja eh der neue Pop, sagt noch jemand, und einige lachen und andere verstehen nicht den Ernst der Lage. Eine Frau, die sich anzieht wie ein Mädchen und auch so redet, flüstert in die Runde, sie hätte einen urbanen Menschen kennengelernt, einer, der imstande wäre, die ganze Welt durch den Zauber von Gitarrenmusik zu beschreiben. Alle gucken komisch, die Mädchenfrau nickt. Die Band, so sagt sie noch, spiele in einem ganz verrückten Keller, wo auch andere Bands spielen, und jede Band habe ihren Übungsraum, und dieser Mikrokosmos Proberaum sei was ganz Spezielles für den jungen Mann, den sie da kennengelernt hat. Alle gucken komisch, die Mädchenfrau nickt. Sie habe auch eine CD von ihm, ein Demo, und sie tut es in den CD-Player und alle wissen dann, wenn das Musik ist, die die Welt beschreibt, ist entweder die Musik oder die Welt nicht mehr zu retten.

Etwas später an einem etwas anderen Tag sitzen die okayen Leute in der üblichen paarweisen Viererkombination in einem alten Gemäuer. Da ist die Bühne, die Mäntel haben sie abgegeben, hier drin wird gehüstelt, und es ist ein paar Grad zu warm, um seine wirkliche Existenz spüren zu können. Dann verschwindet das ganze Licht, die Bühne wird entvorhangt und in den nächsten zwei Stunden langweilen sich die okayen Leute animalisch. Sie verstehen nichts von diesen Dialogen, die da von der Bühne herabregnen, nichts vom Szenenbild, das Regiemenschen in braunen Rollkragenpullovern und beigen Cordjacken angewiesen haben. Brüllend, versteht sich, sonst hätte es ja noch länger gedauert. Die okayen Leute sitzen da und Theater passiert ihnen.

Unglücklicherweise sind sie nicht offen an den Stellen, wo das Theater in sie eindringen könnte, also bleibt es draußen, das Theater, klopft wohl mal ans Herz an und ans Verständnis, aber die okayen Leute halten Schilder raus, auf denen Folgendes zu lesen ist: «Verpiss dich, Kacktheater, ich weiß, was du willst. Du willst mich nachdenklich machen mit deiner überzogenen Inszenierung, aber mich kriegst du nicht, ich bin ein okayer Mensch, ich weiß alles, ich hab schon alles empfunden in diesem Leben; also bleib, wo du bist, ich bin nur hier, um nachher zu sagen, wie wichtig du bist, und dann noch eine Tasse Espresso irgendwo zu haben und dann von dir zu erzählen. Vielleicht einen oder zwei Tage erzähle ich von Dir und Deiner Wichtigkeit, Du Müllinszenierung, dann ist aber auch gut und Deine Wichtigkeit abgestorben.»

«Was für eine wahnsinnig tolle Vorstellung, nicht wahr?» Jörg schaut mit großen Augen in die Runde der anderen okayen Leute, die an Salatblättern kauen, Apfelschorle oder Kaffee in sich tun und sich jetzt in diesem Augenblick auf keinen Fall der Sinnlosigkeit ihrer Leben bewusst werden wollen. «Ja», sagt Kai, «wirklich groß, dieses Stück.» Niemand hier hat verstanden, worum es ging. Man geht nach dem Verzehr von Kaffee, Salat und Apfelschorle noch in eine andere Bar, um sich mit bunten Cocktails, angenehm jazzigen Klängen und dem, was man «intellektuelle Szene» nennt, zu umgeben. Wenn dies hier eine Szene ist, bin ich froh, den ganzen Film verpasst zu haben. Mann, dieser Goethe, verrückter Typ. Vorhang zu.

In Zerstörung lieb

Wenn es die Hörer mitreißt, ist es Unterhaltung,
wenn nicht, ist es Kunst.
Louis Armstrong

Und einer wie ich denkt auch im Winter: So. Frühling, gib mir 125 Dezibel und ich mache diesen Tag zu einer Kette magischer Momente, bestehend aus den vertickenden Sekunden, die man mit der Wärme des Chaos des Schlagens des eigenen Herzens zubringen mag. Ich mache Musik.

Ich komme da an. Gehe da runter. Öffentlicher Proberaum. Es riecht ein wenig nach Fäulnis, wie wenn jemand zwei Kilo Orangen mit Absicht irgendwo verfaulen ließe. Treppenabgang. Kühler Keller, behaglich feucht, ruhig und kalt. Fluchtpunkt, um zu vergessen, Gedanken machen und verwerfen. Alkohol, Nikotin, kleine Zwischenmahlzeiten. Meine Wahrnehmungsorgane lassen alles rein, und es ist wie ein Nachhausekommen, nachdem man einen beschissenen Arbeitstag hatte. Man schmeißt die Post irgendwo hin, geht zum Kühlschrank und das erste Bier ist wie ein nasser Waschlappen im Gesicht des Fiebernden. Ich gehe angstfrei hinunter. Ich kenne den Weg. Aus einigen anderen Räumen dringt fieses Geschepper von Schlagzeugern, die ihr Zeug schlagen, garniert mit verzerrten Gitarren, und überall wird gebrüllt. Ich will nicht mehr angeschrien werden.

Wir sind keine Freunde, die anderen und ich. Wir machen nur Musik zusammen, nur das, das ist alles; ich weiß auch nicht, ob die anderen beiden untereinander befreundet sind, und ich denke manchmal auch, mir ist zu viel egal, aber diese Anonymität, diese miese Beziehungslosigkeit zur Welt und ihren Bewohnern zieht immer weitere Kreise. Die Jungs sind nur Instrumente, ich setze sie nur ein, sie sind ersetzbare Gegenstände, die ihrerseits Instrumente bedienen.

Wir begrüßen uns durch Augenkontakt, ritualisiert, genauso ritualisiert wie der Abschied, da umarmen wir uns immer, und ich weiß auch gar nicht, warum eigentlich; warum schenke ich Menschen Umarmungen, die mir an und für sich egal sind? Sie komplettieren doch nur die Geräuschkulisse, die ich mir ausgedacht habe. Wir beginnen, und ich beginne ein Denken, während ich meine Gitarre für einen weiteren Kampfeinsatz vorbereite.

Hier kann ich sein. Ich bin ein Mensch. Ich atme und bin. Ich bin ein zufälliger Zellhaufen, der jetzt in einer Art Autopilothaltung eine Gitarre in den für einen über Dreißigjährigen doch recht kleinen und unbenutzten Händen hält. Und zwar in der Art, wie Rockstars eine Gitarre festhalten und nicht wie es Musikschüler tun. Das Ding baumelt in Höhe meiner Oberschenkel. Der Verstärker ist aktiviert. Leise knistert zärtlich Feedback, das Geräusch einer elektronischen Welle nachahmend, ja, wäre der Ozean Strom, er würde klingen wie Gitarrenfeedback.

Kommt Kunst von Können oder von Müssen? Ich habe Letzteres als Grundbedarf, das Müssen, das Unglücklichwerden; wenn es nicht laut wird, wenn meine Ohren nicht zittern, die Trommeln nicht trommelfellzersetzend beballert werden, dann kommt ein leichter Herzschmerz, aber hier in den Sekunden der Kunsterfüllung bin ich ein glückliches Ding, das dringend den Filter der Musik zwischen sich und seinen Emotionen benötigt.

Irgendjemand zählt bis vier, vielleicht ich, und dann bricht ein Automatismus los, als wäre ich ein von einem durchgeknallten und zerstörungswütigen Wissenschaftler programmierter Roboter. Ich kann nicht wirklich Gitarre spielen, aber allein der Umstand, dass dieses Instrument vor meinen Knien baumelt, macht diesen Moment zu einem magischen Augenblick. Die paar Akkorde, die ich kann, reichen aber mit der mir zur Verfügung stehenden Emotion dazu aus, mich als Musiker zu definieren.

Dann folgt eine Anreihung dieser abstrakten Momente und ich presse Geräusche aus dem Instrument, indem ich meine Finger auf die Saiten presse und diese mittels eines Plektrums weiter unten an der Gitarre stimuliere. Ich zittere, die Saiten tun es auch, es geht ein Stück zu Hause durch alles, womit man empfinden kann. Ich tanze Krach. Ich tanze Liebe. Alles geht, und ich bin ein Stück Kunst, ein Ausstellungsstück in Turnschuhen.

Neben mir steht ein Bassist und ist wie viele Bassisten die Ruhe in Person. Während ich auf- und abspringe, die Gitarre wie ein Gewehr zur Abwehr von Feinden und wilden Tieren zu benutzen scheine und die Akkorde nicht immer perfekt treffe, steht er da, schaut an die Decke des niedrigen Kellers, den wir Proberaum nennen, und seine Bassgitarre poltert vor sich hin. Sie ist laut und klingt überhaupt nicht so, als wenn er sie jetzt spielen würde, sondern eher so, als würden die Bassgeräusche vom Tonband abgespielt werden. Kassette oder so. Aber das könnte auch daran liegen, dass der Bassbediener so unbeteiligt an der Tonausgabe seines Instruments aussieht; wie gesagt, er steht da, seine Finger bewegen sich zwar, und er schaut durch die Decke in den offenen Himmel, als sähe er von dort Gott oder ähnlich Subtiles niederrauschen.

Dem Bassisten und mir gegenüber wütet jemand hinter Schlagzeugteilen, sieht dabei aus wie ein kanadischer Holzhacker mit dem Habitus eines Massenmörders. Sein Schweißausbruch gleicht dem eines gerade entlassenen pädophilen Vergewaltigers in einer Turnhalle mit 16 nackten Schülerinnen.

Sein Blick scheint auch nicht zielgerichtet zu sein, da ist nichts, was er anschaut. Seine Schlagzeugteile vibrieren allesamt, er bearbeitet diese heftigst mit dafür vorgesehenen Stöcken. Er versucht, mit diesem Beat Ordnung unter unsere verzweifelte Musik zu streuen, ihr Takt, Rhythmus oder so zu gebe; ihr auf jeden Fall irgendwas zu schenken, was ihr fehlt, der kleinen, neugeborenen, zitternden Musik, die sich durch den Raum quiekt wie ein frisch geschlüpfter Säugling, dann aber brachiale Ausmaße annimmt, als würden wir mit der Musik das Gefühl darstellen wollen, während einer Operation am offenen Gehirn zu erwachen. Von diesem Wechselspiel wird unsere Musik lebendig, das ist ihr Takt, in dem sie atmen kann. Hier. In diesem Keller. Sie atmet ein und aus, die neue Musik; der Independent Emocore, den wir hier von der Kette lassen, wie einen durchgeknallten Pitbull mit Herzrhythmusstörungen und Unterernährung, der auf dem Kinderspielplatz mit Zweitklässlern fangen spielt. Wir alle sind hier lebendig, auf unsere eigene Art leben wir hier in dieser Musik, gehen darin verloren, tauchen darin unter. Wir schwimmen in dieser Musik wie Nichtschwimmer im stürmischen Ozean der Sehnsucht.

Vor meinem Gesicht hält sich in Höhe meines Kinns ein Mikrofon auf. Das ist an einem Stativ festgeklemmt, das Mikrofon, und steht da einfach rum und wartet auf irgendwas, vielleicht auf einen Bus, der nicht mehr kommt, oder auf eine Botschaft, die keiner hat oder die sich niemand traut zu offenbaren. Ich habe keine Botschaft, auch nicht, als ich meinen Herz- und Kopfinhalt durch die viel zu kleine Öffnung meines Mundes schicke, um daraus den lyrischen Bestandteil dieser Band zu formen. Das Erste, was das Mikrofon trifft, ist mein emotional herausgeschleuderter Mundspeichel, ihm folgen Schreie, geformt aus dem Vokal a und der unentspannten Schwingung meiner Stimmbänder sowie Worte aus Wut und Verzweiflung. Die fallen da raus, aus der Mundhöllenhöhle, da werden sie geformt, diese Worte, und die prallen an der Mikrofonmembran ab, und etwas nimmt das Mikrofon mit und macht es lauter und für mehr Ohren als mein Herz hörbar.

Das tut gut, es ist schön, sein Inneres als Schrei nach draußen zu lassen, aber ich weiß auch, trage die Gewissheit als das, was sie ist, nämlich die absolut bestimmte Gewissheit, dass auch wenn es in mir wie ein Schrei aussieht und sich auch oft jeder Atemzug wie ein Wälzen in Scherben anfühlt, dass es nicht besser wird davon, nach dem Schrei ist vor dem Schrei, und auch die Summe der Schreie lässt nur den Schmerz für die Dauer des einzelnen Schreis vergehen. Ich schreie.

Ja, ich schreie meine kaputte Welt in Einzelteile, damit ich sie besser verstehen kann. Ich kann besser kleine Mosaikteile angreifen als gleich einen ganzen bewohnten Planeten. Das hier ist das Heureka kognitiver und emotionaler Beglückung. Der Angriff erfolgt durch Wort und Musik, und ich benutze meine Gitarre zur Unterstützung meiner Wortgeburten, die meiner Mundhöllenhöhle entfleuchen. Wörter, Buchstaben sind auf der Flucht vor mir. Ich kotze Buchstabensuppe durch den Raum und dazwischen flüstert mir die Zärtlichkeit und meine Liebe, meine eigentlichen Intentionen dieses musikalischen Debakels, die Herzkammern wund. Immer wieder drücken meine Buchstabenkombinate auf die gleichen Stellen in meiner Brust. Pock, pock, press. Es ändert erst mal nichts.

Ich schreie. Ich bin drauf. Ich bin ein verficktes Elektrizitätswerk. I am living in a Bonbonfabrik. Alles wird bunt, um mich findet eine unwirkliche Collage statt, während ich lediglich schreie, Geräusche entlasse, die genau so in mir stattfanden, wie sie jetzt an die Ohren meiner Mitmusiker drängen. In mir schreit, in mir tanzt, in mir lebt es.

Ich weiß nicht, was meine Schreie mit den beiden machen, sie schauen nur weiter emogerecht an die Decke (Bass) oder zerlegen ihre Instrumente fachgerecht mit dafür vorgesehenen Hölzern (Drums). Meine Versuchsdichtung poltert mikrofonverstärkt dazwischen und verweigert die Harmonie mit den Dingen, mit den tonalen Bewegungen der Instrumente und Instrumentenbediener. Meine Dichtung und meine Liebe machen mich wahr. Meine Gitarre ist nur eine Waffe in einem längst verlorenen Krieg. Heute ist sie ein Panzer, der im Gefechtshagel zwischen zwei anderen Panzern an einem Freitagabend kurz vor Ladenschluss auf dem Parkplatz vor Lidl rückwärts einparken will. Ich fühle mich wie eine grobmotorische Maschine, und was jetzt noch wichtig ist, ist der Blutgeschmack im Mund.

Song um Song vergeht wortlos, wir kommunizieren mit den Instrumenten, wir lieben uns mit Gitarrensaiten und Drumsticks, wir ficken im Rhythmus des Beats. Song um Song vergeht wortlos. Song um Song verteilt sich in der Atmosphäre.

Da drehen sich fremde Zeilen in meinem Kopf. Drehen sich zum Aufgenommenwerden. Wollen das Verständnis verstärken, das Richtigsein unterstützen, das letzte bisschen Gewöhnlichkeit rausknuspern, und da kommen verweigernde Worte in meinen Kopf, Worte, die einst die mächtigen, schwedischen *Refused* auf ihrem Album *The shape of punk to come* in die Stromwellen der Musikgeschichte pissten: «... and how can we expect anyone to listen if we are using the same old voice? We need new noise, new art for the real people.»

Dieser Satz ist ein Geschenk, den ich mir selbst geschenkt habe, das rechtfertigt mich, meine krummen Gedanken über Punkrock und alles, was mit diesen kleinen Lebenseinheiten in niedrigen Kellern mit diesen Musikjungs zusammenhängt. Ich kann nicht erwarten, dass jemand seine Ohren oder das dazwischen für meine Welt öffnet, wenn ich mich ständig in gleichen Mustern selbst zitiere und ficke, aber diese meine Kunst sei nun der Ausbruch aus dem Dunkelghetto der Reizunterflutung. Heraufgeschleudert in die neonbeleuchtete Wahrnehmungsmöglichkeit.

Dann Stille. Es gibt nichts zu sagen. Gäbe es was zu sagen, ich würde es sagen, aber es gibt nichts zu sagen. Mein Kopf ist vollständig leer, und das ist sicher das Beste. Sobald die Stille angeht, kommt aber wieder eine Verzweiflung vorbeigeschlichen. Ich nehme meinen Rucksack, meine Gitarre, umarme zwei verschwitzte Typen und gehe.

Es fühlt sich an wie frei sein. Nicht frei im Sinne von diesem demokratisierten Denken, sondern frei im Sinne von körper- und gedankenlos. Da ist man dann nur ein völlig formloses, erschöpftes Partikelchen Staub, das über Porzellan gleitet. Man ist so geil unerheblich wie Kunstkritik. Zwischen Extase und Delirium. Man fühlt sich, als habe man das Vorwort zu seinem eigenen Obduktionsbericht geschrieben. Das kann man auch nicht beschreiben, das muss man spüren.

Gehe auf die Straße und lächle. In meinem Kopf rotiert die Musik weiter und weiter, endlose Melodien von galaktischer Schönheit und Popmusik, die so unglamourös kantig ist, aber dennoch wie ein Sonnenstrahl aus Gold daherkommt, tanzen durch mich. Mich umfängt eine Seifenblase der Unvernunft und Unmündigkeit, überhaupt Schritte setzen zu dürfen. Das Land in meinem Kopf ist im Dauerkriegszustand. Ich weiß, dass sich die Musik in meinem Kopf erheblich von der unterscheidet, die wir soeben, getarnt als gefühlsprovozierende Schallwellen, in diesem Raum haben fallen lassen. Fallen, nicht gleiten. Das hier hat mit der Aggression der Beständigkeit zu tun, und so soll es sein ...

Ich könnte ...

Ich könnte, könnte, könnte, was ich nicht alles könnte. Die Vielfalt der Optionen ist allgegenwärtig und alle Möglichkeiten sind maximal ausschöpfbar, nur was mir fehlt, ist das Konkrete. Wieder einmal ist da diese Wand, dieses uneinschätzbar Menschliche, vor dem ich eigentlich auf der Flucht bin, weil ich um den Schmerz weiß, den das machen kann.

Und Liebe, Liebe ist da auch, und die könnte ja mal einfach so passieren, diese Liebe, aber es fällt ihr manchmal nicht recht ein, einfach so drauf los zu passieren, und da wartet man und der Hunger, dieser elende Hunger beginnt einen aufzufressen, und irgendwann, kurz vor dem Zeitpunkt, an dem kein anderer Weg mehr möglich ist, denkt man dann: Nie versucht ist auch verloren, und weiß, dass das alles hier ziemlich viel zu atmen für einen selbst ist, aber man ist bereit, sich fallen zu lassen, immer aber die Gefahr im Auge, fallen gelassen zu werden.

Ich könnte soviel tun, stehe ich doch in der Mitte meines Lebens und bin so flexibel wie ein Gummibaum, und da beginnt meine Sorge. Ein kluger Mann sagte einst, leider nicht zu mir, sondern zu diversen lernwütigen Philosophen: «Wer für alles offen ist, kann nicht ganz dicht sein», und dem hinzufügend: «Offene Menschen lassen mehr zu.» So blieb ich denn offen, und ich könnte so viel tun, aber ich tue mich schwer mit diesen Entscheidungen, mit diesen Richtungen und lasse mich von Gefühlen leiten.

Ich könnte in Sorge sein, studiere ich doch Politikwissenschaften und Philosophie. Man könnte mich glatt aufgrund dieser Studienfächer für einen sorgenreichen Schwerdenker halten, einer, der die Stirn bei jeder ihm gestellten Frage in Falten wirft und je nach Themenkomplex theatralisch ausholend zu antworten gedenkt. Ja, die Welt ist schlecht. Aber wem erzähl ich da was Tagesaktuelles? Ich habe eine Blumenvase in der Hand. Es ist die schönste Blumenvase der Welt. Sie ist zart und weiß und aus glücklichem Porzellan.

Ich könnte in Sorge sein, weil alle sechs Sekunden ein Raucher stirbt. Vor dem Hauseingang zünde ich mir 'ne Kippe an, und sie läuft an mir vorbei und trägt eine Lampe, die fast so dünn und gerade ist wie sie, aber sie, ja sie kann viel schöner leuchten, und ich rauche und sie lächelt. Ich rauche tiefe, intensive Züge. Dieser Tag ist bislang einer der schönsten, die ich erleben durfte. Ich nehme mir einen Karton, auf dem Küche steht, und gewährleiste ihre Nahrungszubereitung. Schwer, aber alles easy, dieser Tag ist auf Gleitcreme gebettet. Eine Stimme singt in meinem Kopf. «I am human and I need to be loved, just like everybody else does.» Die Smiths. Gute Band. Guter Augenblick für diesen Song. Ich bin einer wie jeder, ich steh rum und rauche eine und bin verliebt in die schönste Studentin seit Uschi Obermaier, die zwar nichts studiert hat, aber immerhin schön war. Ich rauche zu Ende und bin beim Kippeaustreten ein Freund der Zärtlichkeit.

Ich könnte in Sorge sein, verliert sich doch mein ganzes Umfeld selbstunsicher an asoziale Netzwerke wie «MeinPlatz» und «Fressenbuch». Dort macht man einander zum Zeugen des jeweiligen kaputten Lebens, dessen Zeuge man dann aber auch unabsichtlich wird, und irgendwann ist man eine durchsichtige Familie mit digitalen Blumen im Haar. Dieses Fressenbuch ist eine moderne Exhibitionismusanstalt, die auch dort nicht endet, wo man statt seiner Haut nur noch durchsichtige Folie um sein Skelett und seine Organe trägt. Ich trage ein Regalbrett und fühle mich gut dabei. Die Sehnigkeit meines Körpers kommt dabei gut zur Geltung, und in meine Augen habe ich eine Sehnsucht platziert, die ich ihr bei jeder Treppenhausbegegnung neu schenke.

Im Treppenhaus riecht es nach ihr. Ich könnte in Sorge sein, dass sie es gar nicht ernst mit mir meint. Wie so viele zuvor. Sie ist mir in irgendeinem Literaturseminar aufgefallen und wir kamen erst locker und dann etwas intensiver ins Gespräch. Zwei Tage später hat sie mich einfach auf dem Campus angesprochen, hat sich ihr wallendes rotes Haar aus der Stirn gestrichen und mich gefragt, ob ich am Samstagvormittag wohl ein paar Kartons tragen könne, weil sie umziehe. Ich konnte erst gar nicht sprechen und ihr dann lediglich meine Zustimmung entgegenstammeln. Selbst wenn an diesem Tag meine Mutter beerdigt worden wäre, ich wäre mit genau diesen Kartons durch genau dieses Treppenhaus gelaufen. Ich trage jetzt eine Yucca-Palme, die lieben Trockenheit, dann sind sie bestens drauf, bloß nicht zu viel gießen, dann werden die Blätter braun und die Palme stirbt. Ich will auf jeden Fall vor ihr sterben. Ich streichle ein Yucca-Blatt und halte mir die Palme ganz eng vors Gesicht.

Ich könnte in Sorge sein, spiele ich doch in dieser Emotrashkapelle und bin für den Beat verantwortlich. Dieses Schlagzeug ist so unglaublich laut, und ich werde deswegen irgendwann nichts mehr hören können. Und wofür? Für diese kleinen Momente voller Leidenschaft, für diese Sekundenglücksgefühle, während man sich schweißgebadet während eines Gigs in Miniaturspaß suhlt wie ein Sommerkind im Planschbecken. Aber guck dir Typen wie Lars Ullrich, den Drummer von Metallica an, der macht sich auch keine Sorgen, der ist aber auch dumm wie ein Stück Brot und sammelt Kunst, weil sie bunt ist. Ich trage einen Bilderrahmen, der eine Landschaft umrahmt, die nach Süden aussieht. Die Sonne geht langsam über irgendeinem Ozean unter.

Ich könnte in Sorge sein, weil alle 60 Sekunden in Afrika eine Minute vergeht. Schnips. Und in dieser Minute sterben acht Menschen an den Folgen von Unter- und Mangelernährung. Noch mal schnips. Ach wie sind doch die Vorzüge des Lebens ungerecht verteilt. Da kann ich auswählen zwischen billigem Müll und dekadenter Feinkost, und der Mangelernährte kriecht auf dem Boden der staubigen Tatsachen umher mit weniger als nichts. Schnips. Ich könnte kotzen vor Wut, aber ich trage hier einen Beutel mit ihren Anziehsachen. Ich sehe das Shirt, das sie trug, als wir uns das erste Mal begegneten. Darauf steht: Kill 'em all. Wunderbar.

Ich könnte in Sorge sein, weil es wieder Nazis in der Stadt gibt. Erst letztens wieder welche gesehen. Typen in gewöhnlicher Streetwear, so unscheinbar wie Kackreste unterm Klorand, und trotzdem fordern sie Germanys next Deutschland. Wie Krebsgeschwüre wachsen sie, zunächst unscheinbar, um dann immer deutlicher zu werden, zu fordern. Wut, Hass und Gewalt sind ihre Zöglinge, die sie in ihre Kindergärten zum Reifen schicken. Und irgendwann kommen sie dann auf die Straße und kämpfen für ihre Verpeilung, und mir fehlen wieder 88 Schuss Munition, um diesen Durchfallgurglern ein Ende zu bereiten. Ich trage einen Karton voller Stofftiere. Welches wohl zusieht, wenn sie schläft?

Jetzt aber trage ich eine irre schwere Kommode, ein rustikales altes Stück Holz, das so lebendig wirkt, wie mein hüpfendes Herz. Wenn diese Kommode doch lebendig wäre, das wäre gut, sie könnte selbstständig diese Treppen hinauf gehen.

Ich könnte in Sorge sein, weil sich das Land, dessen Bürger ich bin, im Kriegszustand befindet. Das wird zwar medial und politisch immer anders ausgedrückt, aber letztendlich ist das so. Typen, die jünger sind als ich, liegen irgendwo im Sand und bluten minutenlang auf Schlachtfeldern der Ehre aus, bis ihre Leichen in Holzkisten mit Nationalflagge oben drauf für lau nach Hause geflogen werden. «Und ich dachte, es sei ganz ungefährlich», hört man den 23-jährigen Rollstuhlinsassen weinen, der jede Nacht von abgerissenen Händen und Innereienwurst träumt, «ich dachte, dieser Krieg wäre zu gewinnen.» Ich bin in Sorge, dass der Krieg, den dieses Land im Ausland führt, dass dieser Krieg demnächst hier erscheint, in diesem kriegsführenden Deutschland, und sogar vor meiner Tür, hinter der *ich* ein an Kampfhandlungen absolut unbeteiligtes Leben führe. Der Krieg steht dann da und will mir mittels Selbstmordattentäter oder Flammenwerferschwenker klar machen, dass ich ein falsches Leben führe. Ich trage eine Bücherkiste, ich hab grad Michael Endes *Momo* gesehen. Sie hat Geschmack, und mich interessiert, wie sie wohl schmeckt. Ich trage gerne ihre Dinge in ihre neue Wohnung.

Ich könnte in Sorge sein, dass meine persönlichen Ziele stets hinter anderen persönlichen, für mich eigentlich völlig uninteressanten Zielen zurückbleiben müssen. Ich könnte mich ja beschweren, dass ich immer warten muss. Aber bei wem? Sie begegnet mir wieder im Hausflur, ich bin tatsächlich der einzige Helfer. Sie lächelt mich an, als ob jetzt schon klar wäre, dass wir demnächst hier zusammen wohnen werden. Ja, klar will ich das, natürlich, unbedingt sogar. Ich bin hier, weil du auch hier bist. Ich trage ihre Bettwäsche. Persönlicher geht es kaum, die fast höchste Stufe der Intimität, danach kommt nur noch Analsex mit gleichzeitigem Ankacken, der wohl größte aller Liebes- und Vertrauensbeweise.

Ich könnte in Sorge sein, bin ich aber nicht, weil die Frage, ob sie mich auch liebt, wahrscheinlich nur eine rhetorische ist. Sie, die schöne Studentin nimmt mich hart ran, zunächst beim Umzug, dann irgendwie anders, unvorstellbar im Moment, aber es wird, wird werden, wird funktionieren. Ich sehe sie schon meine Kartons mit den Lieblingsplatten aus meiner Wohnung in ein Auto tragen. Natürlich trägt sie nur die Singles, den Karton mit den LPs trage ich hinterher und sehe an ihrem Gang, dass sie sich auf die gemeinsame Zukunft mit mir freut, und abends sitzen wir auf ihrem Balkon und verlieren uns in endlosen Betrachtungen unseres Geistes, bevor wir uns in endlosen Betrachtungen unserer Körper verlieren. Ich weiß, sie ist die, die alles weiß, daher muss ich ihr auch nichts mehr erklären. Und ich hoffe, dass sie mehr weiß als ich, und ich will mich an ihr reiben, körperlich, geistig und ich bin glücklich ...

«Danke.» Sie steht da und lächelt, trägt ein T-Shirt, auf dem «Keine Macht für niemand» steht, und neben ihr steht so ein Typ mit Wursthaaren und lächelt auch. Er umarmt sie seitlich, so an der Hüfte. Wo kommt der auf einmal her? Er gibt mir die Hand und sagt: «Jochen», und ich denke Aa-Gesicht und sage: «Hallo.» Sie hat rote Haare und trägt Sandalen, und ich kann ihre blaulackierten Zehennägel sehen. Diese Frau ist nicht von dieser Welt. Die beiden reden ein bisschen mit mir, und ich antworte irgendwas und dann machen sie die Tür zu und ich stehe davor. Ich habe wirklich Aa-Gesicht gedacht. Jetzt mache ich mir Sorgen.

Die tragische Kommode

Als Möbelstück hat man es nicht leicht. Man steht nur da, in diesem einen Raum, an diesem einen Ort und hat ein paar kleine Funktionen für die Leute, die einen an genau diesem Ort platziert haben. Daher weiß ich viel über diese Leute, aber nur über das, was sie in diesem Raum tun.

Ich stehe hier seit einigen Wochen und sehe mir die Leute an; ich habe schon zu viele Leute gesehen, als dass ich noch Harmonie empfinden könnte. Ich meine Harmonie, deswegen steh ich hier, trautes Heim, Glück allein und so. Mein Verständnis für die Menschen ließ nach und nach nach.

Ich bin die Kommode von Christina, die unlängst mit ihrem Freund Jochen zusammengezogen ist, und ich bin Teil ihrer Schlafzimmereinrichtung. Da stehe ich und sehe Unglaubliches. Und könnte ich sprechen, ich würde schreien, schreiend die Wahrheit in die Räumlichkeiten blubbern lassen. Aber was ist schon Wahrheit? Der IKEA-Schrank neben mir hat gestern gesagt, dass er Wahrheit eigentlich immer noch für eine geile Sache hält.

Eigentlich aber bin ich gar kein Möbelstück, sondern ein Tier. Das habe ich festgestellt, als Jochen im Bett den Film *Transformers* schaute. Da wusste ich plötzlich, dass ich lediglich im Ruhezustand eine Kommode bin, im Kampfzustand aber bin ich ein Löwe. Das einzig erkennbare Merkmal ist lediglich, dass eine Kommode und ein Löwe beide vier Beine haben. Ich bin noch nie transformiert, aber es wird Zeit; ich fühle es brodeln, fühle eine Ungerechtigkeit aufkeimen, hier im Schlafzimmer von Christina und Jochen. Da gilt es zu transformieren demnächst und im Löwenzustand für Gerechtigkeit zu sorgen.

Wenn ich mir die jeweiligen Verhaltensmuster von Christina und Jochen so anschaue, frage ich mich, warum sie überhaupt zusammenwohnen. Irgendwas passt da nicht. Christina ist ein Kopfmensch, liegt viel im Bett und liest Bücher, liest Paulo Coelho, Mascha Kaléko, Erich Fried, Edith Templeton, Douglas Adams, Haruki Murakami, Orhan Pamuk, Franz Kafka, Christoph Hein, Martin Suter, Claire Goll und Peter Stamm, weniger selten Popliteratur. Ich weiß, dass sie Literatur studiert; sie hat mal auf mir sitzend in ihr kleines Telefon gesprochen, wahrscheinlich mit ihrer Mutter, und hat ihr vom Verlauf des Studiums berichtet.

Jochen hingegen ist ein Lebemann. Blödes Wort an und für sich, jeder lebendige Mann ist ein Lebemann, aber Jochen ist ein besonderer Lebemann. Sein alternativer Charme artikuliert sich bereits durch seine Rastas in die Welt der Unwissenden. Er hat ein Gesicht wie ein gutes Gewissen. Sein vegan ernährter Körper, der sich neben Christina schlafen legt, gleicht einer Bleistiftzeichnung einer sexuell frustrierten Frau. Abgezeichnete Muskulatur. Ein magerer Adonis. Ein

Athlet sondergleichen. Durchtrainiert. Er sieht aus wie eine laufende Statue aus Bronze, Heldenstatus inklusive. Jochen hat diesen leicht pathetischen Ausdruck mit seiner Kein-Mensch-ist-illegal-Visage. Ein Gutmenschgesicht. Ich aber weiß, *ein* Mensch ist illegal, moralisch illegal, und zwar: er!

Ich bin ein Löwe. Das weiß ich seit Kurzem. Es war wieder einer dieser Tage, an denen Christina früh aus dem Haus geht. Jochen lag da, unter ihm das Mädchen, nicht die Christina, ein anderes Mädchen, Christina war zur Universität. Als die beiden fertig waren und sich das fremde Mädchen an ihrer Mädchenöffnung mit einem Taschentuch säuberte, schaltete Jochen den Fernseher ein. Ich sah, wie sich gewöhnliche Autos auf Knopfdruck in Killermaschinen verwandelten. Da wusste ich, dass ich auch etwas in mir habe, was nicht meiner Bestimmung als Kommode entspricht. Ich bin ein Löwe, das weiß ich. Ein Löwe hat vier Beine, ich habe auch vier Beine.

Abends dann lag Christina in diesem vor kurzer Zeit von Jochen und der fremden Frau zerwühlten Bett. Sie hatte ein Buch in ihren Händen. Orhan Pamuk *Schnee.* Und sie schaute so kalt knirschend, wie sich der Titel anfühlte. Da war eine Tragik in ihrem Blick zu sehen, die ich ihr gerne dort herausgenommen hätte, aber ich war ein Möbelstück, unfähig soziale Kontakte einzugehen.

Zwei Tage, nachdem ich diesen *Transformers*-Film gesehen hatte, lag Jochen wieder im Bett, Christina war nicht da, auch das mir bereits bekannte Mädchen war durch ein blondes, dünnes, spastisch lautierendes Ding ersetzt worden, in das Jochen sich eingliederte. Als sie fertig waren und das Mädchen mit einem Taschentuch ihr Genital zu säubern begann, machte Jochen wieder das TV-Gerät an, und es lief erneut der *Transformers*-Film. Da sah ich von vorn, wie sich harmlos wirkende Straßenfahrzeuge in militant ausgerüstete Kampfroboter verwandelten, um so dem Bösen auf dem Planeten ein gar schmerzhaftes Ende zu bereiten. Ich fand auch die Titelmusik richtig gut. Sie klang blechern elektronisch und trotzdem nach sanfter Macht: «Transformers, more than meets the eye, Transformers, robots in disguise.» Ich bin ein Löwe, ich wusste das mittlerweile sehr genau, und ich war sehr gespannt, welche Wirkweise ich als Löwe hatte und wer verdammt noch mal imstande war, meinen Kampfstatus zu aktivieren. Die Optik einer tragischen Kommode trage ich nur im Ruhezustand, aber bald würde der Kampfzustand eintreten. Ich begann, Jochen als Feind zu sehen, als Feind der Harmonie.

Tage später lag Christina auf dem Bett und las ein Buch von Arnon Grünberg, das *Der Vogel ist krank* hieß. Sie guckte sehr ernst, und ich glaube, schwere Gedanken durchzogen ihren Kopf. Als sie das Buch zumachte, kam etwas später Jochen heranstolziert und legte sich zu ihr. Die beiden küssten sich ganz kurz und Jochen drehte ihr dann den Rücken zu, und ich sah im Halbdunkel des von einer außerhalb stehenden Straßenlaterne passiv beleuchteten Schlafzimmers, wie in Christinas Augen kleine glitzernde Tränen ein Spiel der unausgelebten Trauer vollführten. Sie schluchzte auch ein wenig. Jochen schlief schnell ein.

Am nächsten Tag war Christina wieder früh aus dem Haus, Jochen liegen geblieben, als es an der Tür klingelte, und kurz darauf kam Jochen mit einer dunkelhäutigen Frau zurück ins Schlafzimmer. Die beiden küssten sich, als wollten sie einander die Luft zum Atmen rauben. Sie schälten sich gegenseitig aus ihren Klamotten, und es dauerte nicht lange, da saß die dunkelhäutige Frau auf mir, die Füße hatte sie links und rechts in eine ausgezogene Schublade gesteckt und Jochen stand vor ihr und hatte sich eingegliedert. Die Frau machte Geräusche als hätte sie Atemnot und ihre Brüste hoben und senkten sich, während Jochen mit gleichbleibendem Blick in ihr geöffnetes Gesicht starrte. Ich bin ein Löwe, dachte ich, und diese Szenerie der auf mir stattfindenden Erniedrigung machte mich derart wütend, dass ich plötzlich spürte, wie die Transformierung begann. *Robots in disguise ...*

... die Schlafzimmertür öffnete sich und gab den Blick auf eine schreiende Christina frei, die etwas in der Hand führte, was neben ihrem Geschrei weiteren riesigen Lärm verursachte. Ich hingegen spürte weiter die aufkeimende Verwandlung, spürte Fell wachsen, spürte die Löwenkraft aufkommen, fühlte eine Stärke, die von einer unbekannten Muskelkraft ausging. Holz platzte, Schubladen flogen durch den Raum, Scharniere hinterher. Ich wurde ein Löwe. Als die Verwandlung beendet war, verlor ich kurz mein Bewusstsein, aber aus der tragischen Kommode war ein göttlich glänzendes Löwentier geworden, das sich auf Jochen und die fremde Frau stürzte.

Ich wurde wieder wach. War wieder Kommode, aber ein anderes Gefühl als diese fortwährende Tragik erfüllte meinen hölzernen Leib. Ich war fortan die göttliche Kommode. Stolz wie ein Löwe. Christina saß auf mir und rauchte eine. Sie war sehr ruhig und ab und zu fing sie wie aus dem Nichts heraus an laut zu lachen, was ich sehr verrückt fand, sich aber lustig anhörte. Neben ihr lag eine Kettensäge, die immer noch nach verbranntem Benzin roch. In der Kette klebten Haare und Hautteile. Christina rauchte und dann kicherte sie wieder, als sei sie verrückt geworden. Wahrscheinlich war der Anblick einer tragischen Kommode, die zu einem starken Löwen transformiert, einfach zu viel für sie. Auf dem Bett vor uns lagen Teile der fremden Frau und Teile Jochens, beide eingebettet in einen See aus Blut. Die beiden wirken wie ein apokalyptisches Bild von Jonathan Meese. Ihre Köpfe waren nicht mehr an ihren Hälsen, sondern lagen zwischen ihren Beinen. Jochens Kopf lag zwischen den Beinen der Frau und der Kopf der Frau zwischen Jochens Beinen. Jochens Haare sahen noch sehr gut aus, sein Blick aber war leer und gleichzeitig voller Entsetzen. Er sah aus wie ein Standbild während einer Erschießungsszene. Christina lachte wieder laut und zündete sich erneut eine Zigarette an. Als sie von mir aufstand und auf die beiden auf dem Bett liegenden Körper zuging, fiel mir ein, dass ich die beiden während meiner Löwentransformierung so zugerichtet hatte, und ich sah, dass es gut war und auch Christina gefiel. Schließlich lachte sie.

Ich bemerkte, dass auch ich etwas im unbewussten Kampfgetümmel abbekommen hatte. Ein langer Riss ging quer über meine Oberflächenplatte, darin floss wie durch eine offenliegende Ader Blut, das aber langsam zu gerinnen begann. Am Rand war es bereits verkrustet. Christina sah sehr erschöpft aus. Sie nahm Jochens Kopf und drückte ihn an sich. Machte komische Geräusche dabei. Die Kippe zwischen ihren schönen Lippen. Der Kopf des besiegten und ehemals geliebten Feindes an ihrer Brust, das sind pathetische Schlussbilder, die ein Film wie dieser gut verträgt. Ich bin die göttliche Kommode, mein ist die Fähigkeit mich in ein rachefähiges Tier im Sinne der Gerechtigkeit umzugestalten. Ich hab jetzt noch mal Bock auf den *Transformers*-Film.

Und ja, sie schaltet den Fernseher ein, immer noch Jochens Kopf im Arm, und was sie sich anschaut, ist wahrscheinlich, wie sie sich fühlt, und das ist eine Dokumentation über jemanden, der zurück aus dem Krieg kommt und deswegen nicht mehr lachen kann. Wie lächerlich ist das denn, was ist denn Krieg gegen dieses Leben als Superheld. Ich bin glücklich und sehe Panzer über den Bildschirm gleiten und Christina und Jochens Kopf schmusen miteinander, als wäre das der allerschönste Liebesfilm mit dem allerhappiesten End, aber es ist eine Dokumentation über Krieg.

Und ich höre sie noch flüstern, als sie Jochens Kopf wie ein Kleinkind in ihren Armen wiegt: «Meine Liebe zu dir ist wie ein Tyrannosaurus Rex.» Und dann synchronisiert sie Jochens Kopf und fast ihm an die toten Lippen, klappt sie auf und zu und flüstert in seiner Stimmlage: «Wie jetzt? So groß?» «Nein, Mann», sagt Christina dann wieder, «verdammt noch mal ausgestorben.» Pock, pock, pock, Jochens Kopf rollt in meine Richtung und Christina lächelt selbstbewusst ins Leere Zimmer, in dem es nach Benzin, Blut und Tod riecht …

Die Floristin im Rollstuhl

ein Gefallener erzählt ...

Die Sonne brannte heiß am Hindukusch, während Worte in meinem Ohr hallten, die ich nicht kannte. Worte, die ich auch gar nicht kennenlernen wollte. Worte, die Inhalte transportierten, der mir egal war. So viel war hier egal, und die Sonne brannte heiß am Hindukusch.

Wir kontrollierten Passanten, und ob sie uns beleidigten oder nicht, war uns erst einmal egal, denn es galt den Bundeswehrstützpunkt zu schützen. Den haben wir hier mit unseren Händen ins Gebirge gerammt. Eingepflegt haben wir das Lager, da, wo es sein muss. Zum Schutz von allem möglichen, nicht zuletzt zum Heimatschutz in Deutschland.

Natürlich haben die Fundamentalisten damit ein Problem. Der Krieg ist doch vorbei, und wir sind die Bundeswehr und fegen die Reste, oder was? Wir machten ja ISAF dort, ganz, ganz viel ISAF. Das heißt unabgekürzt International Security Assistance Force, und das hat die NATO hier installiert, um die Sicherheit und eine Art Aufbau hier in diesem verfickt noch mal zerstörten Afghanistan zu gewährleisten. Hier ist wirklich alles kaputt, sogar die Wüste wirkt irgendwie, als hätte sie schon bessere Tage gesehen. Wir Deutschen sind seit Dezember 2001 dabei, und ich war zu dem Zeitpunkt schon seit drei Monaten vor Ort.

Zeitsoldat: Ich hatte Zeit, ich wurde Soldat, und deshalb gehe ich dahin, wo sie mich hinschicken. Bislang hatte ich vom Krieg keine Ahnung; der Krieg, das waren immer Fernsehbilder, easy to consume, und die Technik hat den Feind erledigt, und das meist ohne das Empfinden körperlicher Schmerzen. Der Krieg war wie eine Fernsehserie, die in den ersten vier Folgen noch spannend war, dann aber aufgrund von zu vielen unspannenden Wiederholungen der Langeweile zum Opfer fiel. Ich hielt Krieg für eine natürliche Weiterentwicklung der Menschheit in Richtung Frieden.

Die Sicherheit unseres Landes, so hieß es damals laut unseres Verteidigungsminister, würde auch hier an diesen Orten aufrechterhalten werden. Weil dies hier wohl ein Nest von Terroristen ist, so wurden wir geschult. Und die Terroristen legten sich hier ihre Eier in ihre Nester, und die Insassen dieser Eier würden auch irgendwann unser Land überrollen, sofern wir sie nicht jetzt schon präventiv stilllegten. Die sind also alle irgendwo hier, diese Terroristen, versteckt im Umland und im Gebirge.

Jetzt kontrollierten wir Passanten. Die Passanten passieren, wenn wir sie lassen, wenn nicht und wir kontrollnotwendige Verdachtsmomente bemerkten, redeten sie immer schnell und völlig voller Mysterien, diese Passanten, und ihre Sprache hatte so viele böse Wörter, die alle klangen wie «umbringen», «Därme zermetzeln» und «Fick dich, deutscher Soldat». Viele hatten Rucksäcke, und Rucksack könnte auch Sprengsatz bedeuten, aber sehr oft, hab ich gesehen, bedeutet Rucksack auch: «Hier drin ist das Letzte, was ich besitze.» Ich wollte mich nie wirklich in dieses Volk einfühlen, dafür waren sie mir einfach zu fremd, wenn sie mich mit ihren zahnlosen Mündern anlächelten und mit ihren ruhigen, brauen Kaffeeaugen mentale Bedrohung schufen. Ich will nur diese Arbeit machen. Für mich ist das eine Arbeit wie Wege pflastern, Steuern ausrechnen oder Wurst abschneiden. Nur mit Schießen halt. Ich mache hier nur meine Arbeit, mehr nicht.

Und diese Arbeit bestand an diesem Tag darin, eine Straße zu überwachen, den Zugangs- und Zufahrtsweg zum Bundeswehrstützpunkt, und jeden verdächtig wirkenden Menschen zu kontrollieren. Und das ist eigentlich jeder hier. Die Menschen hier tragen Lasten, Tiere, andere Menschen und, wenn sie uns nicht wollen, auch Sprengsätze am Leib. Oder Gewehre. Vielen haben wir schon Waffen abgenommen. Die haben sie nicht immer freiwillig abgegeben. Die Menschen hier haben einen seltsamen Begriff von persönlicher Freiheit.

Wir hatten eine Art Barrikade an einer Straße errichtet, unseren Kontrollpunkt, der direkt zu unserem Lager führte; obwohl Straße würde ich diesen aufgeschütteten Geröllhaufen nicht nennen, das war mehr ein Abenteuerweg, der ins Nichts einer undurchschaubaren Gebirgskette führte. Aufwärts zur Geröllhölle. Und über allem die Sonne, die diesen Nachmittag in ein Orange tauchte, das nicht von dieser Welt zu sein schien. Das war so ein blutrotes Orange; vor meinen

Augen flirrte tatsächlich manchmal das Fruchtfleisch einer handelsüblichen Blutorange. Und flirrte und flirrte, bis ich im Rhythmus der Flirrerei ganz unruhig wurde.

Bislang war alles entspannt gewesen in dieser Schicht, die ich mit der Soldatin Melanie absolvierte. Melanie war 28 und überaus motiviert in ihrer Arbeit. Ich hatte mich im Lager schon mehrmals mit ihr unterhalten. Sie kam an den Dienst für das Vaterland mit schwer national durchtränkten Motivationsschüben. Ständig musste diese Frau irgendwem was beweisen.

Jetzt, dachte sie damals und ließ es auch mich unmissverständlich in eigentlich ruhigen Minuten wissen, wo auch Frauen für Deutschland am Gewehr und in Uniform, im Panzer oder in der ISAF ihren Dienst leisten dürfen, ja, dies sei so ein Zeitpunkt gewesen, den sie herbeigesehnt hätte. Endlich könne auch sie zeigen, was in ihr steckt, die verloren geglaubte Abenteurerin in Bundeswehruniform. Dass hier was zu erleben sei, in dieser Uniform, das dachte sie tatsächlich, nur verband sie es mit einem Sinn, der jedem gesundbewussten Menschen auf ewig fremd bleiben wird. Selbst ich war nur Zeitsoldat, Melanie war so etwas wie ein personifiziertes Maschinengewehr mit durchdringend patriotischem Geist. Das war unnatürlich, selbst in einer Armee wie der unseren. Immerhin bestand diese Armee aus Menschen, die sich nicht zu Frontfutter degradieren lassen wollten.

Früher, so sagte sie noch, sei sie Floristin gewesen, nicht nur von Beruf, sondern auch im Herzen. Das passte ja mal gar nicht, dachte ich so für mich, hielt unser Gespräch aber auch für einen dramatischen Zeitpunkt ihrer seltenen emotionalen Offenheit und ließ sie erzählerisch gewähren. Um sie herum waren Blumen angeordnet, nein sie waren nicht angeordnet, sondern die Blumen waren der Zufall selbst. Melanie war so ein Hippiemädchen, das Bäume umarmte, sich den Verstand rundkiffte und Sartre, Adorno, Fromm, Marx und anderes Philosophenwerk verschlang, dabei zu Goabeats ihre Rastas schüttelte und Ungerechtigkeit nur vom Graskaufen, der Anti-Castor-Demo oder aus dem Schlachthof kannte. Aber dass das vorbei wäre und eine Art peinliche Vergangenheit darstellte, sei ja wohl klar, und so, wie sie das sagte, war das äußerst klar. Diese zusammengekniffenen Kindfrauaugen, hinter denen sich Unglaubliches abzuspielen schien, ließen auch nur Zustimmung zu. Ich traute mich auch nicht wirklich, ihr Fragen zu ihrer Vergangenheit zu stellen, denn Melanie ist diese Art von Person, die mit wenigen Worten und Gesten ein Gespräch dominiert und dem Gesprächspartner klar macht, welche Fragen erwünscht sind und welche eben nicht. Sie ist ein Panzer aus Rhetorik. Sehr klar, sehr kalt, sehr akzentuiert. Diese Person lässt keine Zweifel zu und Zweifler wahrscheinlich am ausgestreckten Arm ihrer eigenen Wahrheit verhungern. Und der Blick, den sie mir zusandte, als sie über ihre Vergangenheit sprach, sagte: «Stell mir dazu keine Fragen, das ist nicht die Realität, sondern die Vergangenheit, du Scheiße.» Ich akzeptierte: Ich Scheiße.

Aber dann passierte irgendwas mit ihr, ein undefinierbarer innerer Druck komplett unbekannten Ursprungs, dem sie folgen musste; sie wollte verwurzelt sein, in germanischer Erde am besten, ein Baum sein, der Schatten und Wohlbehagen ausstrahlt und sich nicht einfach so ghandimäßig zu Brennholz schlagen lässt. Kettensäge was wolle. Sie kam über Nacht, diese Erkenntnis, und es erschien ihr plötzlich wichtig, sich um ihr Land und nicht mehr um einzelne Blumen zu kümmern, und so bewarb sie sich bei der Bundeswehr. Vielleicht war das auch von den Drogen gekommen, ansonsten, so sagte Melanie immer, wäre kein äußerer Anlass zu erkennen gewesen. Sie wirkte wie jemand, der einfach so über Flächen des Nichts läuft und unter dessen Stiefeln sich durch jeden Schritt eine asphaltierte Straße bildet. Einfach so fiel die Straße von den Füßen ab und lag dann da, wo Melanie entlangging, ja marschierte. Und unter ihren Stiefeln der Asphalt, der vorher noch nicht da war.

Sie hat mir auch von ihrem verhassten, stillosen Bruder erzählt, der in irgendwelchen unbeheizten Hobbykellern irgendwas macht, was er für Kunst hält; und sie sagt, sie würde ihm gern für seine Kunst einen Gewehrlauf in den Hals halten, vielleicht käme er dann mal auf seriösere Gedanken. Er würde Leinwände vollmalen, große Leinwände voller abstrakter, bunter Gefühle, derlei brauche doch kein Mensch. Melanie war eine unstoppable killing machine, und ich nickte lieber zu allem, was sie sagte, bevor sie böse wurde.

Sie war wirklich eine perfekte Soldatin, denn selbst beim Empfangen von Befehlen strahlte sie noch Dominanz aus. Was ja im Kern der Sache völlig widersprüchlich ist, aber letztendlich bestand doch genau darin der ganze Krieg. Ich stellte sie mir manchmal als Domina im Sexclub vor, wie sie mit einem Gewehr eine Horde von Typen bedroht und diese dann mit Waffengewalt zwingt, sie zu befriedigen, und zwar in der Art, wie man es aus Hardcorepornofilmen kennt – einer vaginal, einer anal und der andere bettet seinen Schwanz in ihren kleinen Mund, und zwischen Saugen und Lecken brüllt Melanie Befehle wie «schneller», «härter» und «mehr wie ein Panzer, unwertes Untermenschmistwesen». Und die Typen würden gehorchen, und als letzte Sequenz zwingt Melanie die drei Typen, die sie ficken, ihr gleichzeitig ihr Sperma aufzuspritzen, damit sie dieses wie Hautcreme auf ihrem Gesicht und auf ihren Titten verteilen kann. Obwohl Titten hat sie ja kaum, deswegen hat sie hier auch ihre Ruhe vor den fickwilligen Soldaten im Lager. Und natürlich ist das auch bedingt durch ihre Art. Keine Titten und die Art, wie sie redet; ich glaube, viele hier im Lager würden lieber einen Igel ficken als Melanie.

Weil es hier in der afghanischen Wüste aber keine Igel gibt, hat Melanie trotzdem ein paar Freunde, die sie zwar nicht ficken, aber sie wird ab und zu *gescannt*, das heißt, sie wird offensichtlich als Wichsvorlage betrachtet. Die Betrachtung der dürren Frau, die dann in der Fantasie im Bordell der geschlossenen Augen zu jemandem wurde, die wildstutengleich abging, das war Melanies sexueller Wert. Die Wüste war wüst, alle Igel tot, was sollte man machen. Für manchen hier reicht nämlich schon die leichte weibliche Erhebung unter einer Uniform, um eine mittelschwere männliche Erhebung in seiner Militärhose zu verursachen. Ich glaubte, Melanie wusste davon, und ihr war es nicht mal unangenehm. Die unangefasste Wichsvorlage, was für eine erniedrigende Bezeichnung eigentlich; aber ich glaubte ja auch, dass Melanie lieber mit einem Gewehr als mit einem Mann schlief.

Deutschland, sagte sie auch sehr oft, wäre nicht nur ein Wort, und immer wieder flüsterte sie nach fast jedem Satz, der aus ihrem schönen Mund entfleuchte, ob ich das verstanden hätte. Sie war eine dieser Personen, vor denen man, wenn sie vor einem stehen und monologisieren, nur nicken konnte. Stumm nicken. Man nickte, weil sie keine Meinung neben ihrer eigenen zulassen konnte, zudem war sie leicht reizbar, wie gesagt, die perfekte Soldatin für solche Einsätze. In ihrer Welt schienen Gegenteile nicht vorhanden zu sein.

Auch bei den Kontrollen an diesem Tag übernahm sie den Hauptpart. Sie hielt die Autos an, ich gewährleistete ihre Sicherheit; sie forderte Passanten auf, ihre Taschen und Rucksäcke zu leeren, ich stand mit geladener Waffe im Hintergrund und sicherte sozusagen die Situation als Zweitperson. Sie war eine Frau der Tat, eine Frau der absolut deutschen Tat, befehlsorientiert und kompromisslos. Soldatin Melanie.

Hier war nach dem Krieg ständig vor dem Krieg. Und dergestalt ausgezehrt sahen sie aus, die müden Afghanen, die hier ständig am Platz standen und mit ihren an Verwesung grenzenden Körpern wackelten. Alles wackelte hier ständig, besonders aber die Sicherheit aller Beteiligten. Beinamputierte wollten das zurückgeben, was ihnen einst an Schmerz gegeben wurde. Hier kämpfte noch eine Seele mit, die so leergeblutet war, wie es sonst nur ausgeschlachtete Meeressäuger waren. Blut klebte überall und Blutfluss bestimmte die ganze Region. Und in manchen verdammten Augen erkannte man es immer: die Wirren des Krieges und diese verdammte Geilheit, die Geilheit auf den Krieg. Frieden war ein Zustand, den viele Menschen hier gar nicht mehr anerkennen konnten, weil sie mit dem Krieg verwachsen sind. Der Krieg und die Menschen waren wie zwei heißgemachte Plastikfiguren, die auf dem Ceranfeld des ewigen Bombardements zu einem Klumpen Unkenntlichkeit verschmolzen.

Da standen wir dann also, und die Passanten liefen auf den schiefen Steinwegen, als ein Lastwagen mit einem Planenüberzug daherkam, den Soldatin Melanie aus Routinekontrollgründen anzuhalten gedachte. Schon als das Fahrzeug ruckartig vor ihr abbremste, wusste ich ungefähr, was passieren würde. So oft haben wir Zwischenfälle geübt, die genau so begannen. Standardsituation Selbstmordattentäter.

Alles ging schnell, in unnachvollziehbarer Geschwindigkeit, und es war eine scharfkantige Inszenierung. Ein Kriegsfilm.

Obwohl Filme, die Krieg darstellen, wie er ist, ja meist Antikriegsfilme genannt werden.

Regie: Widerstand gegen fremde Truppen, die ein Stück Heimat klauen.

In einer preisbeschmissenen Nebenrolle: der Tod.

Das Stück heißt: Der tote Soldat und die Floristin im Rollstuhl.

Und: Action! Und auf einmal war Krieg, richtiger Krieg. Krieg im richtigen Krieg.

Tröööt, dies ist keine Übung. Tröööt, dies ist keine Übung. Tröööööt. Peng. Action.

Das Fahrzeug hob plötzlich vor Melanie ab, ungefähr einen halben Meter war plötzlich zwischen dem Lastwagen und der Wüstenebene, und ich sah noch, dass irgendwas auf mein Gesicht zuflog, was schneller als meine Gedanken war. Dazu gab es ein Geräusch, als würde uns Gott durch die Sonne anbrüllen. Gott schreit durch die Wüste und selbst seine Stimme hat die Farbe Orange. Durch das Planendach des Fahrzeuges flogen diverse Stücke Fleisch in den sonnenverbrannt gelborangen Himmel empor, und ich fand mich liegend neben einem brennenden Reifen wieder, und was mich umgab, sah aus wie Linsensuppe in der Mikrowelle, die man bei 1000 Watt zwanzig Minuten rotieren lässt. Das alles gehörte mal mir. So sieht also DNS aus. Das war ich. Der Sand war kalt, der Tag orange und ich fast tot.

Soldatin Melanie wurde durch die Druckwelle nach hinten geschleudert, brachte sich aber, nachdem ihr Körper wie ein schwungvoll und gezielt geworfener Dartpfeil durch die heiße Atmosphäre geschwebt und in einer verkrümmten, komplett zerbrochen wirkenden Haltung gelandet war, wieder in eine sitzende Position. Stehen ging nicht. Wird nie mehr gehen. Melanie wird nie mehr gehen. Melanie hatte keine Füße mehr, die Füße waren weg, aber sie umklammerte zitternd ihr Gewehr und versuchte auf irgendwas zu schießen. Sitzend. Mit Blick auf ihre Beinenden. Ihre beiden Stiefel mit ihren Füßen drin wurden weggeschleudert und lagen ungefähr zehn Meter von ihr entfernt. In Sichtweite. Aus den Beinenden wie auch aus den Stiefeln sickerte dunkelrot Blut. Gute Stiefel, sei noch mal angemerkt, denn sie blieben nahezu unbeschadet. Bundeswehr kann gut Hardware.

Melanie saß da, auf afghanischem Sandboden, und sah aus wie ein Stück Sperrmüll, das die Müllabfuhr vergessen hatte. Trauriger, fußloser Haufen Mensch, unfähig sich dem Schock zu entledigen, sich dem Schock zu offenbaren, der ihr unter die Haut fuhr in einer Geschwindigkeit, die Gott kaum nachahmen konnte. Übergottgeschwindigkeit. Dann fiel ihr Oberkörper nach hinten, wie in Zeitlupe bog sich ihr Rumpf, und sie lag da und starrte in die Sonne, während vor ihr ein LKW ausbrannte und die herbeieilenden Sanitäter erst ihre Füße und dann sie erreichten. Melanie schrie irgendwas in den sonnenzerrissenen Himmel über der wilden Wüste, in der der Krieg arbeitet. Sie schrie Vokale, was soll man mit frisch weggesprengten Füßen auch anderes schreien als Vokale. Schmerz, Schock, Irrtum.

Auch mich haben sie aufgesammelt, allerdings ohne Hoffnung im Blick, nur mit den Wirren des Krieges im Auge. Floristin im Rollstuhl, fahr nach Hause und erzähle allen von den Grausamkeiten des Krieges. Wir jungen Menschen, die den Krieg nur aus Computerspielen und Hollywoods Patridiotenfilmen kannten, wir werden Opfer sein, wir sind es geworden, ich bin es geworden. Ein Stück Opferfleisch geröstet über der Flamme des Feindes. Uniformiertes Schnitzel, ich. Recht so. Ende.

Ich wusste, wir würden bald nach Hause kommen, Melanie in einem Rollstuhl und im Dauertrauerzustand und ich in einer Holzkiste mit Deutschlandfahne obendrauf. Bald geht es endlich nach Hause.

Wir Wirren

für Sascha (in 2 Teilen)

Abend 1 (bei dir)

«Wenn dich das Leben fickt, und du den Rhythmus hältst, kommst du irgendwann zum Orgasmus, Alter», statementest du auf meine schon leicht ausgefranste Festplatte. Wir sehen uns nicht oft, aber wenn wir uns sehen, dann sehen wir in keiner Sekunde an uns vorbei. Wir sitzen auf deinem Fußboden, und du findest Tomte immer noch scheiße und putzt mit einer Plattenbürste über eine Vinylsingle, die du anschaust wie ein kleines Kind sein Lieblingsspielzeug. Auf dem Cover steht *7seconds*. Hinter uns rumpelt Punkgerocktes, und wir sind volle Freunde der vollen Freude.

«Alter», sagst du und meinst mich, und ich so: «Was denn?» Und du so: «Darf man das Krieg nennen?» Du schlägst die Zeitung auf, die hier rumliegt und nach Frühstück riecht, und da drin so Gesichter von jungen Typen, die in Afghanistan zerschossen worden sind. Deutsche Soldaten. «Irgendwer», so sag ich noch kurz, «irgendwer hat wohl was davon, wenn wir es nur umgangssprachlich Krieg nennen.» «Aha», meinst du und machst die Zeitung wieder zu, guckst die Wand hinter mir an und nippst an deinem Bier. Ich bin bei dir, in deiner Wohnung, und wir sitzen auf dem

Fußboden zwischen Plattencovern, Aschenbechern und Bierflaschen.

Old school Hardcore schreit uns an, und wir schreien zurück. *Circle Jerks.* «we just get by/however we can/we all gotta duck/when the shit hits the fan ...» Der Plattenteller dreht entspannt seine Runden und wir fast durch, und du sagst, du hättest Whiskey und ich mein: «Warum denn nicht?» Das sag ich eigentlich viel zu oft. Aber dieses Warum-denn-nicht-Gefühl ist eines, das uns beide klebstoffartig aneinander bindet.

Dann gehen wir los, und die Zeiten sind so unsicher, wie wir glücklich sind uns zu haben. Abwärts die Treppe, und da sind die billigen Lichter der Kleinstadt. Wir gehen los und sind ohnehin die Geilsten. Und wir beiden sind passion victims. Wir rulen und leaden, und dann sagst du, quasi im Gehen, dass du diese iPhone-Sache mit diesen Apps nicht verstündest, nur immer so Leute siehst, die vollkommen unsanft ihre Telefone streicheln, und dass allein schon der Name iPhone, so was dramatisch Unsoziales hat, dass du jedem Typen, der heute Abend mit so was aufläuft, direkt die Zähne in den Hals zu kloppen gedenkst.

Bar 1: Eine rustikale Kneipe, vor uns Jägermeister, gezapfte Biere und eine der schönsten Bedienungen ever. Sie ist rothaarig und hat diese Nase, die man ihr einfach nur klauen möchte, um sie in seine Nasensammlung zu tun. Neben uns knutschende Mittfünfziger, volltrunken, beim Versuch, sich ihre Liebe zu gestehen. Er findet schon fast überwiegend unter ihrer Bluse statt und versucht, die Erregung hängender Brüste zu veranstalten, während sie gelbhäutig aus allen Löchern qualmt, die in ihr und zwischen ihm und Longdrinkglas eingeklemmt sind. Du sagst mir: «Ich glaube, das Gefühl feuchte Handtücher und nasse Bettwäsche aus dem Bullauge der Waschmaschine zu zerren gleicht dem Gefühl von jemandem, der einer Elefantenkuh beim Kalben hilft.» «Yo», sag ich und du so: «Cheers», und die Zeit verspätet sich erneut. Wenn alle so wie wir wären, gäbe es definitiv mehr Hoffnung.

Bar 2: Hier ist es voll, weil jung, modern und hip. Wir haben uns lang nicht mehr gesehen, fällt uns auf, und ich sehe dich an und du schilderst einige deiner Narben, die du auf dem Herzen trägst, und dann weiß ich auch nach drei Bieren und zwei Sambucas wieder, warum wir so gut befreundet sind. Und dann gerät alles kurz in schweigsamen Stillstand, und die Musik ist so modern und schlecht ist sie auch; aber gut, dass man hier rauchen darf, sagst du noch, und wir rauchen unsere Existenz kürzer und die Zeit beeilt sich, diesen Abend mit uns in vollständiger Lieblichkeit zu zertrümmern. Diesen Moment würde ich gerne mit der Record- und der Playtaste einfangen. Wir lehnen nebeneinander am Tresen. Junge Mädchen gucken uns an, eine hat ein iPhone. Du gehst zu ihr und fragst sie was, ich kann nicht hören, worüber ihr sprecht, weil es so laut ist. Irgendwann fängt sie an zu weinen und dann nimmt sie ihr iPhone und wirft es auf den Boden und tritt einige Male heftig darauf herum, bis sich Mikroelektronik sichtbar macht. Du kommst gelassen zurück. Du bist wirklich ein guter Mensch. «Haut mir app mit eurer iPhone-Kacke», sagst du noch leise vor dich hin.

Bar 3: Hier kann man sterben. Guter Tresen. Freundliche Einsilbenartikulierer als Thekenpersonal. Ein gutes Bier dauert sieben Minuten, scheiß auf die Qualität, ich will besoffen sein. Eigentlich kann ich nicht mehr. Das Mädchen mit dem kaputten iPhone ist mitgekommen. Man sieht, wie sie sich in dich verliebt, zumindest für diesen Abend, und du redest mit ihr, und ich finde euch beide gut und ab und zu umarme ich dich und sie und ihr mich auch. Hier hat es komische Jazzmusik, zu der man wundervoll kotzen könnte. Viel zu viele Töne auf viel zu wenig Zeit, und die meisten Leute hier sind mir zu klug und alle machen auf politisch, obwohl sie alle nur Überschriften zitieren. Ich rede mit irgendwem über Fußball, und der freut sich auf den Aufstieg vom FC St. Pauli in die Erste Bundesliga. Ich freue mich kurz mit. Zwei Schnäpse und vier Biere später hat er Liebeskummer und wird persönlich. Das will ich nicht und lasse ihn allein. Die Zeit rinnt, rennt, rutscht. Wir hinterher.

Auf dem Weg von Bar drei zu Bar vier habe ich die Straße gesehen, die plötzlich und unerwarteterweise aufstand und mir ins Gesicht schlug. Ich schlug zurück, und dann ergriffen mich Hände und stellten mich vor eine Mauer und umarmten mich so lange, dass ich wieder ein Gefühl für oben und unten bekam. Und in diesem Stillstand, hier an der Wand, wollte ich die Record- und die Playtaste drücken, just to save this moment. Und das Leben als Lebendiger ging in die Verlängerung ...

Bar 4: Du erzählst mir von einem Mädchen, das erste Mädchen, das du nicht wirklich sexuell begehrst, aber mit dem du gerne trinken gehst, und bei dem du dir nun endlich selbst bewiesen hast, deine Sexualität unter Kontrolle zu haben. «Es geht, Alter», raunzt du mir durch die kaum durchdringbare Rauchfront einer Einraumraucherkneipe entgegen, wo sich die Leute die Körper krebsig rauchen, «man kann mit einer Frau einfach nur befreundet sein. Und sie ist nicht hässlich und stinkt auch nicht, sie ist geil und fickt unheimlich viel durch die Gegend, weißt du, so völlig unreflektiert manchmal, und sie erzählt mir dann davon und ich finde das toll.» Du lächelst, und ich liebe dich zutiefst. Die Tiefe, aus der diese Liebe zu mir raufstrahlt, in der habe ich ansonsten nur Musikstücke gefunden, die ich seit ungefähr 20 Jahren gut finde, und meinen allerersten Sex habe ich auch darin aufbewahrt. Die Bar will uns am Dichtmachen hindern und dicht machen, und wir stolpern, uns in den Armen liegend, auf den Bürgersteig und verschmelzen zu etwas Unglaublichem. Ein neuer Tag beginnt, ohne dass der alte aufgehört hätte.

Bar 5: Viel zu dunkel, könnte aber auch daran liegen, dass mein Augenaufschlag mittlerweile zwei Minuten dauert. Ich kann definitiv nicht mehr, und das Mädchen ist auch weg, irgendwie verloren gegangen, und wir sind wieder zu zweit, obwohl du schon wieder optisch so viele bist, dass ich mit jedem von euch knutschen will. Ich hänge an deiner Schulter, und du bestellst das letzte Bier des Abends wie ein Filmheld, und das ist alles so wunderschön und wir spielen weiter Menschen versenken, uns nämlich, mit Sätzen, die treffen. «Ich fand Suchen immer spannender als Finden», brüllst du mich an. Mir gehen die Gefühle durch wie geistig behinderte Pferde, und ich weiß auf nichts mehr eine Antwort, und Bitterkeit geht durch Hälse und wir dann nach Hause. Schleppend, singend, tanzend, alles, was noch geht. Denn alles, was noch geht, ist alles, was noch geht.

Auf deiner Couch liege ich irgendwann und rieche wie die Nacht, und um mich tanzt das Gefühl der Richtigkeit. Du bist wie das Gefühl, mit dem man Kriege beenden kann. Authentische Spiritualität.

Dass Menschlichkeit für dich in Worten sprechbar ist, sagt die Postkarte, die ich am nächsten Morgen nach dem ersten Kotzen neben deinem Spiegel angebracht sehe, der mir im Übrigen ein Gesicht entgegenschleudert, das ich erst nach etwa einer Minute als mein eigenes akzeptieren kann. Auf der Karte steht in roter Kinderschrift: «Dear whoever is reading this ... guess what? You are loved. No, don't shake your head and disagree. You are. You are lovely and you are loved. End of story.» Ich dich auch, denke ich und kotze erneut einen Tribut an die schönste aller Freundschaften in weiße Keramik.

Ich möchte die Erektion von Guido Westerwelle sein

Abend 2 (bei mir)

Ein anderer Abend, aber wieder wir beiden. Die aneinander gefesselten Entfesselten. So tranken wir, so liebten wir uns in unseren Sätzen, die manchmal klangen wie: «Ich habe Angst, den Rest meines Lebens nicht mehr zu erleben.» Darauf tranken wir und das Leben wurde irgendwie bunter und schöner durch die Zuführung alkoholischer Getränke. Zeit, so wurde mir bewusst, ist ein System, in dem unsere Freundschaft nicht erfassbar ist.

Du hast mir wieder von dieser Frau erzählt, mit der du mittlerweile sehr oft rumhängst, dein «Frauen-Kumpel», wie du sie nennst, die dich in die Welt der Weiblichkeit eingeführt hat, ohne dass du irgendwas irgendwo einführen musstest. Du sagst, du seist schwer verwundert über ihre männlichen Attribute wie Fußballverstand, Verhalten am Glas und proliges Herumschreien. Das gefällt mir. Du erzählst mir von irgendeinem Abend mit ihr, und ich erkenne irgendwelche Parallelen zu irgendeinem Abend mit mir, und also: Das muss gut sein, dass ihr euch kennt.

Der Abend ist von stark philosophischer Prägung. Wir reden und reden und werfen Wortketten durch mein Wohnzimmer, mit denen wir die Inhalte fesseln, die wir auszudrücken wünschen. Wir bleiben aber in meiner Wohnung, obwohl du sehr häufig anmerkst, dass jetzt genau der Zeitpunkt wäre zu gehen (G-Punkt nennst du das immer), sich in die Nacht zu stürzen, sich dem Abend vollends zu opfern an Orten mit überlauter und überschlechter Musik. Aber dann machen wir noch ein Bier auf und trinken noch was aus den kleinen Gläsern, was wir mit den großen Zigaretten ergänzen, und es fliegt Musik durch den Raum, eine Musik, die uns klar werden lässt, dass Pogo kein Paartanz ist.

Und wir sehen einen dieser experimentellen Naturfilme, der da heißt: »Knuddelige Tiere teilen sich Möhrchen und Kartoffelschalenreste.« Du bist nach drei Minuten eingeschlafen, elegant sediert vom Marihuana, und ich lasse den Trash rein und dich auf dem Sofa liegen. Der Film ist einer dieser unerträglichen Kunstfilme von irgendeinem Studenten, der auf langatmige Bilder, gemischt aus grauen und grünen Farben steht, in denen minutenlang nichts passiert. Ich halte diesen erbärmlichen Stillstand kaum aus, das ist ja wie FDP wählen, denke ich mir. Dann mache ich den Fernseher aus, öffne das Fenster und das Draußen schreit: «Komm raus!», und ich halte das für eine gute Idee. Für Anfang Oktober ist die Luft von erquicklicher Milde, und ich sehe, dass du auf dem Sofa zum Erliegen gekommen bist, ein Spuckefaden hängt zwischen deinen Lippen, und ich ziehe meine Schuhe an und die Haustür zu.

Das Wort Promenade sagen die, die nicht nachdenken, wo man da eigentlich lang läuft. Ich laufe Promenade, weil ich mehr als sonst mit mir beschäftigt bin, rauche elegant neben dem Fluss und sehe den Ratten beim Pimpern zu. Da wird in einer Schnelligkeit getackert, die an durchgedrehte Nähmaschinen erinnert, und die Evolution, nicht die Lust, befiehlt ihnen weiterzumachen. Den Ratten bin ich egal. Den Ratten ist viel egal.

Vorhin hast du seltsame Sachen erzählt. «Ich wäre so gern die Erektion von Guido Westerwelle bei seiner Vereidigung zum Außenminister», und: «Die letzte Frau, die ich geküsst habe, schmeckte nach dieser eigenwilligen Note leicht abgeranzter Mundfäulnis und hatte diesen Flavour von Mezzo Mix oder leicht abgestandener Bionade der Geschmacksrichtung Ingwer-Orange inne.» Deine Sätze sind immer turmartige Gebäude voller Hass, in die du immer alle treiben willst, bevor du es hochjagst. Manchmal bist du mehr Hass, als du selbst imstande bist zu ertragen.

Ich weiß, woher dein Hass kommt, vom Aktivismus in Sachen außerparlamentarischer Politik. Das finde ich gut, ich finde dich gut. Nur manchmal ist alles, was du empfindest HassHassHass, der nicht leiser wird, ein ständig unanständiges Geräusch in deine Ohren summt, dich so nervös macht, dass du kaum schlafen kannst, und wenn du doch schläfst, dann wachst du auf und denkst HassHassHass. Ich weiß, woher dein Hass kommt, ich kann ihn verstehen. Wir beide wissen, dass aus der Mitte ein Stuss entspringt, der kaum aufhaltbar ist, wenn man nicht selbst zur Barrikade wird.

Ich gehe weiter, der Fluss ist ruhig, ist wie ein alter Bekannter, den man nicht so oft sieht, der aber trotzdem Verlässlichkeit darstellt. Der Fluss an der Promenade ist wie ein Freund, den du immer anrufen kannst, der ist immer da und bewegt sich in immer gleicher Gelassenheit. Auf dem Weg begegne ich niemandem. Der Schein vom gelben M einer darmkrebsverursachenden Rinderbrötchenfiliale ist kurz zu sehen. Schritte, Schritte, Schritte. Ich erinnere mich an eine deiner Geschichten. Du hast erzählt, dass du auf dem Weg zu irgendeinem Punkkonzert gewesen bist, im Auto mit unglaublichen Idioten, und die Frau im Drive-in hat das Tourettesyndrom. Der Fahrer bestellt einen Big Mäc, einen Hamburger Royal, eine große Cola und die Tourette-Frau antwortet durch die Sprechanlage «Ein Bic Mäc, du Arschloch, Fotze, Fotze, ein Hamburger, Heil Hitler, Fotze, Fotze, haha, Royal und eine große Fotze Fotze Cola, macht Arschloch, Unfug, nein, nein, Fotze, sieben Euro vierundzwanzig, bitte fahren Sie zum nächsten Fenster vor, Fotze, Fotze, Arschloch.» Du sagtest mir, du kennst die Frau, und als ihr der Fahrer einen Zehner in die Hand drückt und du versuchst, ihr vom Beifahrersitz ein Lächeln zu schenken, in dem zumindest ein gewisses Maß an Güte schwimmt, da fing hinten einer an, sie zu imitieren und laut und verständnislos herumzuschreien. Und du wusstest, dass gute Freunde selten sind.

Der Auslauf ist ein guter; ich weiß, wenn ich zurückkomme, werde ich müde sein, werde schlafen wollen, werde nur noch halb so besoffen sein wie zum Zeitpunkt des Losgehens, und ich denke an die Gewalt, die du in dir trägst und für welche guten Zwecke du sie einsetzt und wie gut es tun muss, Menschen ihrer Überzeugung wegen zu schlagen. Ich könnte so was nicht, ich kann niemanden schlagen, selbst wenn ich wollte. Das hat nichts mit Pazifismus zu tun, sondern mit Körperlichkeit.

Dann begegne ich doch noch einem Honk, der mich besoffen anschaut, als ich auf ihn zulaufe. Das Leben meinte es nicht gut mit ihm in dieser zerzausten Nacht, das sieht man seinem Gang und seinen Blicken an. Kurz vor mir kommt er zum Stehen. «Hassu 'ne Kippe?» Der Honk stinkt nach Schnapsladen. Ich reiche ihm die Schachtel, und er bedient sich. Ich lasse mein Feuerzeug zweimal aufflackern und bleibe einfach stehen, hier bei ihm, und er riecht, als bräuchte er jemanden zum Anlehnen, der nicht aus Alkohol gemacht ist, und wir stehen da und rauchen und leise geht da ein Wind. «Alter, dieses Land ist nicht für Rock'n'Roll gemacht», fasst er kurz das nicht vorhandene Gespräch zusammen, und ich nicke und gehe weiter. Leute, die besoffen Olli Schulz zitieren, mag ich. Ich sehe mich noch mal um, sein Gang sieht aus wie der Gang von dem Typen, den ich aus dem Theater kenne, der immer den mit den ungleich langen Beinen spielt.

Ich bin wieder zuhause, du liegst noch auf dem Sofa, siehst so friedlich aus. Aber ich weiß, dass da Steine durch deinen Kopf fliegen und du diesen einen Moment herbeisehnst, den du in langen Gesprächen immer den «kollektiven Orgasmusmoment» genannt hast und der für dich die Einlösung aller Versprechen bedeutet, die Karl Marx dir einst gemacht hat.

Ich lege mich ins Bett, im Nebenzimmer höre ich dich leise schlafen. Es ist gut, dein Freund zu sein, und ich weiß, dass es morgen beim Frühstück wieder losgeht, dass du mir sagen wirst, wie dumm der ganze Haufen da draußen ist, und du immer weiter daran arbeitest, dass es losgeht, dass es endlich losgeht mit den Dingen der Veränderung, und du wirst mir wieder von deinen Träumen erzählen, wie du mit einem getunten Wehrmachtspanzer durch Berlin gefahren bist, um den Reichstag anzugreifen. Von diesem Traum hast du mir schon oft erzählt, immer hast du gesiegt.

Aber die Realität, so wissen wir beide, ist eine Punkerpissepfütze, aus der wir uns ständig ernähren müssen, weil wir keine Wahl haben und nun mal einfach nur wir sind. Wir Wirren. Das Entwirren hat in diesen Zeiten kaum noch Sinn, und ich suche Entschleunigung, die ich immer nur kurz vor dem Schlafengehen habe.

Meine Entspanntheit ist keineswegs eine Gleichgültigkeit, aber ich fühle etwas anklopfen, was mehr mit mir zu tun hat als der ganze Wahnsinn da draußen.

Da kommt dann ein Schlaf, der sich über mich legt wie ein dicker Teppich, und ich fühle mich wie ein Stück graue Tapete, die mehrfach überklebt unter vielen anderen viel hässlicheren weil moderneren Tapetenschichten überlebt hat und an ihre große Zeit denkt, als sie die erste Schicht an der Wand war. Draußen wird es bereits hell, eine feine Note Schönheit schleicht sich in mein Leben.

Nüchtern aber werde ich erkennen, dass Tapete auch nur bedrucktes Papier ist ...

Pandasex im September

Im Fernsehen habe ich grad wieder was Komisches gesehen. Da stand eine aufgeregte Liliputanermutter vor einer Kamera eines privaten Knalleffektsenders, der sein Programm für echte Unterhaltung hält, und es geht um Jugendgewalt, und die kleine Frau sprach geistesgegenwärtig: «Wir müssen hier raus aus dieser Gegend. Erst gestern ist hier wieder jemand angeschossen worden, und ich will nicht, dass mein Junge in dieser Gegend klein bleibt.» Dann flucht sie noch was und schiebt ein Kind vor sich her, das krummbeinig rumwackelt, und ich dachte mir dabei: Die Realität ist die Hölle. Dann musste ich einkaufen. Denn du würdest kommen.

Es war einer dieser Samstagabende, an denen man beim Bierkaufen ganz von der Präsenz von Dominosteinen in den Supermarktregalen überrascht wird. Die Dinger sind das Synonym der Tatsache, dass jedes Jahr an Geschwindigkeit zulegt, dass die Zeit, die einem zur Verfügung steht, eine rückwärtslaufende Uhr ist und überhaupt total unentschlossen, weil sie immer nur läuft, aber niemals irgendwo ankommt. Und wir haben September, und ich frage mich, ob es dieses Jahr überhaupt Dezember wird.

Anschließend habe ich mit dem Bier in meiner Küche gewartet, um auf dich zu warten. Bier ist ein guter Freund, wenn es gilt, Wartezeiten zu überbrücken. Warten, bis der Auftritt beginnt, warten, bis man beim Zahnarzt aufgerufen wird, warten, bis das Warten endet, um auf das nächste Warten zu warten. Irgendwann bist du da, und wir reden bedeutsame Sachen über unsere Leben, in denen wir manchmal so ungern zu Hause sind, die uns an manchen Tagen nicht die Wärme geben, die wir brauchen, um uns voll und ganz und konkret und die ganze andere Soziologenscheiße zu fühlen. Du bist ein wundersames Mädchen, aber genau deswegen mag ich dich.

Wir entscheiden uns, tanzen zu gehen. Ab einem gewissen Punkt an einem solchen Abend müssen immer so Entscheidungen her, wie Chips oder Salzstangen, Whiskey oder Wodka, Taxi oder Fahrrad und wir essen Chips, trinken Wodka und rufen uns ein Taxi. Wir fühlen uns wohl in unseren Paraderollen der emotionalen Verwahrlosung, die wir vor Jahren angenommen haben und jetzt nicht mehr loswerden, und ich mag, wie dein Haar riecht. Irgendwas zwischen Mandarinenschalen und Benzin.

Und du stehst neben mir und fragst mich, ob es da wohl einen Zusammenhang gäbe zwischen dem Gefühl, sich verlorener als alle Fundsachen zusammen in den Fundbüros dieser Welt zu fühlen, und der Tatsache, dass du nicht mehr mitzählen kannst, mit wie vielen Männern du schon deine Dusche geteilt hast. Ich weiß auch nicht sofort eine Antwort darauf, stehe neben dir und trinke irgendwas, was meinen Hals von innen aufwärmt und mit Alkohol zu tun hat. «Ja», sage ich dann, es gäbe einen Zusammenhang, aber der sei nicht wichtig, solange man sein Herz schlagen fühle. Die Typen hier denken immer, ich sei mit dir hier, aber eigentlich bist nur du selbst mit dir hier, und ich steh nur mit dir rum und bin ausschließlich mit mir hier, obwohl wir hier zusammenstehen, und dann spielen sie dein Lied.

Es hat etwas mit Beckenbeat zu tun, und ich muss lachen, als du tanzt, wie du fickst, obwohl ich das noch nie gesehen habe, und die hormonell aufgeladenen und geistig entwaffneten Treckerfahrer um dich einen Halbkreis der Geilheit klatschen und von dir berührt werden mögen. Sie stolpern von einem Loch der peinlichen Sexualisierung ins nächste. Ich drehe mich um und bestelle Wodka, das muss erst mal genügen.

Du kommst zurück vom Dancefloor des Grauens und sagst, dass der da, der Typ da, dass der da, ne nicht der da, sondern ja genau der da mit diesem engen schwarzen Hemd und den halblangen braunen Haaren, dass der genau dein Typ wäre, und ich muss lachen, weil der aussieht wie ein BWL-Student mit übersteigertem Geltungsdrang, und wir bestellen Wein, und dann sagst du, ich soll mich mal wegsetzen, aber in der Nähe bleiben, weil du allein rumhängen und trinken willst und warten, bis der Typ dich vielleicht sieht und anspricht, und ich finde die Idee super, weil ich dich mag, und setze mich ans andere Ende der Bar. Dort starre ich in die Leere des gefüllten Clubs, und es ist halb drei und in der Luft schweben durchsichtige Partikel aus Sex und Mitleid und der Leere, die man mit Rausch füllt.

Auch ich trinke mich sanft in eine entspannte Geisteshaltung. Ich versuche, mich hier im Club wohlzufühlen und wenn du den Club bezwingen willst, musst du selbst zum Club werden, hat mein zerstörter Freund Henry mal gesagt, und ich versuche, wie eine Disco mit Lächerlich- und Stillosigkeit zu denken, was leider nur bedingt funktioniert. Was dann aber so nach und nach klappt, ist das plötzliche Gutfinden von mittelmäßiger Musik, die ich eigentlich verachte. Wippende Füße, aber nicht auf dem Dancefloor, nein, getanzt wird nur in endloser Zurückhaltung, an die Bar gelehnt und in abwartender Position.

Ich unterhalte mich gut gelaunt mit einem Mädchen, das plötzlich überdreht poetisch wird und mit mir «den Himmel auf nicht vorhandenem festen Boden betanzen» will. Da ich nicht weiß, ob ich das will, sag ich erst mal: «MGMT ist uncharmante Halbwahrheit in Retrowellenform», und sie nickt und dreht sich um und sagt irgendwas mit Toilette, auf die ich ihr folgen solle. Aber ich müsse doch gar nicht, sag ich, und sie ist zu jung, das Ausmaß ihrer Handlung wirklich zu begreifen. Das, was meine Mutter Tabu nennen würde, ist für sie ein Spiel mit der Möglichkeit explosionsartiger Gefühle im Zwischenraum ohne emotionalen Widerhall. Sie sagt noch mal, dass, wenn ich pissen müsse, sie total gerne anwesend wäre, aber ich lehne schwankend ab.

Es scheint funktioniert zu haben. Der Typ ist bei dir, lächelt schrill wie in einem Werbespot für Bier, in dem nicht der

Schweiger Til die Hauptrolle spielt, und spendiert eine Runde Gutfinderomantik. Ich bleibe in meiner Ecke und sehe euch zu, wie ihr euch zu einem Kommunikationselement verformt. Es sieht lebendig aus, aber auch ein deutscher Soldat mit Bauchschuss in Afghanistan sieht fünf Sekunden nach Eintreffen der Kugel in seine Organe noch sehr lebendig aus, später dann erst, bei ausbleibender Behandlung, nicht mehr.

Ich trinke Bier und dann steht eine andere da, gut angezogen, und mit intelligenten Worten und Tierbeispielen versucht sie meine Wall of Coolness zu zerbomben und sagt so Sachen wie: «Weißt du, dass Pandabären nur zweimal im Jahr Sex haben?» Das wusste ich nicht, finde es aber lustig und stell mir mein Leben als Pandabär vor, der jedes Jahr die Statistik seiner Kollegen kaputtfickt. Dabei kaue ich Bambus und sehe verhältnismäßig cool aus. «Außerdem haben Kakerlaken nur einmal im Leben Sex», ergänzt sie in ihrer therapeutischen Tiergutfindeart, «die rennen dann so rum und gebären ihr ganzes Leben Kolonien mit bis zu 10 000 Tieren.» Ich sehe dich über ihre Schulter hinweg mit ihm knutschen. Er macht auf Romantik, fasst dein Gesicht an, als wäre es eine zerbrechliche Porzellanvase, während du ein Cocktailglas und eine Zigarette festhältst und etwas desinteressiert zurückknutscht.

Ich bin total betrunken, es ist leer geworden und ich finde mich auf der Tanzfläche wieder mit ausgebreiteten Armen *Wonderwall* von *Oasis* singend, obwohl der genervt guckende DJ irgendwas von *Helmet* spielt. Guter Abend, denke ich, und du sitzt allein auf dem Barhocker, der Typ ist weg, und ich gehe zu dir und du bist fast so betrunken wie ich und sagst: «Der Typ war ein Arsch, der wollte nur knutschen, außerdem studiert der tatsächlich BWL ...» Ich muss lachen und dann küssen wir uns auf den Mund, ganz kurz nur und ein Gewitter aus Hardcoregeballer und fünfstimmigem Besoffenheitsgebrüll plätschert hinter uns runter.

Du sagst mir noch, dass Monogamie für dich nicht infrage käme, nicht solange sich das Klatschen auf deinem Arsch gut anhört, und ich ahne, was du meinst. Du ergänzt: «Und der, der klatscht, der soll für die Dauer des Klatschens meine Welt aus den Angeln heben können.» Du siehst ein bisschen traurig aus und die Betrunkenheit steht dir gut, und da du eine Frau mit Verstand und außerdem ein cooles Mädchen bist, unterhalten wir uns noch zwei Stunden über Fußball und saufen der Bar dabei die Flaschen aus dem Regal.

Als wir im Taxi sitzen, schläfst du innerhalb von drei Sekunden ein, und wir fahren erst zu dir und ich lege dich in dein Bett, und dann fahre ich zu mir und lege mich in meins und nebenan ficken meine Nachbarn, die auch aussehen wie Pandabären. Sie schreit seinen Namen, und er ist still wie eine Waldlichtung am Sonntagmorgen und macht dann doch ein Brunftschrei-meets-Autounfall-Geräusch und dann ist alles still. Wenn die Statistik stimmt, dürfen die beiden dieses Jahr keinen Sex mehr haben.

Normalisierungsprinzip

Die Kamera erfasst seinen Körper von der Seite. Der Körper wirkt in seiner Verschwommenheit wie ein Wäscheberg aus zufällig zusammengeworfenen Wäschestücken. Und obendrauf ein undefinierbarer Kopf, um den sich jetzt wieder die Kamera dreht. Schwenkt einmal um ihn herum, die Kamera. Dann nimmt sie ein bisschen was aus der Wohnung auf und bleibt kurz an CD-Covern und Buchrücken hängen, die alle fein sortiert in Regalen lagern. Irgendwo liegt eine Autogrammkarte von Johannes B. Kerner, auf die mit Edding nachträglich: «Du Satan der Mittelmäßigkeit» geschrieben wurde. Die Kamera schwenkt dann auf ein Foto, das gerahmt an der Wand hängt und ein Elternpaar mit einem glücklichen, sommersprossigen Kind zeigt.

Und er sitzt auf seinem Sofa, fast wie eine Statue, die zu dem Zweck errichtet wurde, Traurigkeit zu symbolisieren. Obwohl sein Gesicht durch Verpixelung verfremdet ist, sieht der Fernsehzuschauer dem jungen Mann die Traurigkeit deutlich an.

Er schaut nach vorn. Sein Gesicht wird durch einen Effekt unkenntlich gemacht. Der Effekt soll ein Schutzschild sein, doch die Verfremdung liegt auf ihm wie ein Makel. Seine Sitzhaltung wirkt, als säße ein Sitzsack auf einem Sitzsack.

Ihm gegenüber sitzt eine Reporterin im gebügelten Kostüm, im Blick Betroffenheit, und er sieht aus wie hinter der Milchglasscheibe, seine Stimme ist verzerrt, Verfremdung im TV. «Können wir anfangen?», fragt die Reporterin. Er nickt nur, ganz langsam, als ob er unlängst von einem Nashornbetäubungsgewehr angeschossen wurde. Womit anfangen, denkt er noch, kurz bevor diese glatte, pseudoerotische Stimme durch die Sendung gleitet, womit, verdammte Untat, soll ich anfangen? Etwa mit dem, was ich schon immer bin? Er wirkt, als würde er nur einmal pro Minute Atemzüge zulassen. Und die Verbitterung für alle sichtbar im verfremdeten Gesicht.

«Hallo und willkommen zur Sendung *Große böse Schicksale.* Heute sitze ich hier mit Ralf K., 25 Jahre alt, Student der Betriebswirtschaftslehre und sein Problem ist: Normalität.» Er zuckt bei diesem Wort ein wenig und sagt ein leises, kaum hörbares «Hallo, ja» an der Kamera vorbei. «Herr K., wie fühlt es sich für Sie an, normal zu sein. Ich meine, viele behaupten das von sich, dass sie normal sind, aber für Sie ist das ein Problem, das Sie nahezu in die Isolation treibt.» Pause. Man hört ihn atmen, mit den Tränen kämpfen und den Kampf gewinnen. Er überlegt lange, kratzt sich am Hinterkopf. «Mein Problem ist», beginnt er schleppend, «dass ich keine Probleme habe. Es ist mein Schicksal, der normale Unauffällige zu sein. Eigentlich bin ich sozial tot. Gar nicht hier. Ja.» Die Reporterin klebt sich eine Mitgefühlsmaske ins Gesicht. «Wie äußert sich das genau, können Sie mir Beispiele aus Ihrem Alltag nennen?» «Ja.» Seine Stimme gewinnt ein wenig an Festigkeit, nur um dann aber wieder mit einer derben Prise Melancholie gewürzt zu werden. «Ja, also, es ist so, stellen Sie sich ein Leben vor, in dem alles in Ordnung ist, alles ist vorhanden. Ich bin gesund, auch psychisch, meine Eltern lieben sich und mich, ich habe dieses Studium, kein ersichtlicher Fehler, der sich in mein Leben geschlichen hat, außer vielleicht, das Leben selbst, das sich mit seiner Normalität vor alles stellt, was ich sonst sein könnte.» «Und Ihre Kindheit, Herr K.? Was ist mit ihrer Kindheit?» «Ach meine Kindheit.» Seine Stimme ist jetzt so weich wie Kerzenwachs. Zittert weich in TV-Mikrofonierung. «Ja, wissen Sie, meine Kindheit war eine endlose Irrfahrt absoluten Glücks. Es gab keine Zwischenfälle. Und meine Mutter war nie Alkoholikerin und keine von diesen unglücklichen Schlampen geworden, die sich vom Nachbarn durchknallen lassen, weil der eigene Ehemann dazu nicht imstande war, und mein Vater hat mich nie misshandelt, was ich ihm heute sogar übel nehme.» Die Moderatorin macht ein Gesicht aus erlebter Schande und daraus resultierendem Mitgefühl und sagt leise: «Oh Gott.» «Die Besonderheit, so wissen wir doch alle, die Besonderheit findet man nur im Problem, im Gestörten. Das ist doch überall so, in der Kunst, in der Politik, einfach überall. Das Normale wird doch immer von der Übermacht des Besonderen überwältigt.» Dann schweigt Ralf K. Sein Blick, dessen Richtung durch die Verpixelung seines Gesichts nicht erkennbar ist, verliert sich an irgendeiner Wand.

Die Reporterin nickt und guckt betroffen auf den Zettel, den sie nervös in ihren manikürten Händen wiegt. «Wissen Sie», ergänzt er und seine Stimme wackelt wie die eines nervösen Stotterkindes, das gleich ein Gedicht aufsagen soll, «es fängt ja schon im Elternhaus an. Alle, also ausnahmslos alle Menschen, denen ich begegne, haben irgendeine Art Stress zuhause, getrennte Eltern oder dergleichen, oder tote, kranke, psychopathische Elternteile, die mit Kettensägen oder Gift hantieren, um zu argumentieren. Meine Eltern sind die liebsten Leute der Welt ...» Er beginnt zu weinen.

Die Reporterin legt ihre manikürten Hände auf seine Unterarme. Das sieht aus wie Trost, ist aber nur ein Fernsehbild. Er fängt sich wieder und fängt wieder an zu sprechen. «Ganz schlimm ist es mit der Liebe; wissen Sie, ich würde mich so gerne mal verlieben und diejenige darf sogar aus einem kaputten Elternhaus kommen oder sonstige Probleme haben. Sie soll mich halt nur wahrnehmen. Manchmal, wenn ich mich in großen Gruppen aufhalte, erfinde ich sogar Schicksalsschläge, um einfach im Gespräch zu bleiben. Die Probleme der anderen sind aber meistens sogar noch größer und böser als die Schicksalsschläge, die ich mir einfallen lasse.» Er schweigt und atmet ein und aus.

«Ja, erst neulich, da war ich in so einer Disco und die Musik war so richtig schön mittelmäßig und ich richtig gut drauf an dem Abend. Ich stand so rum an der Tanzfläche und guckte betroffen durch die Gegend, versuchte so zu gucken, als hätte ich irgendwas, als hätte sich eine Frau von mir getrennt oder als hätte ich ein Magengeschwür oder zumindest mal den

Bus verpasst oder so was.» Seine Stimme überschlägt sich fast. «Und ich kam sogar ins Gespräch mit einer Frau, einfach so; sie stand so neben mir und wir unterhielten uns, erst ganz allgemein und sie erzählte dann von schlimmen Trennungen, von riesen Problemen im Elternhaus und ich versuchte dann zu kontern und erfand ein Schicksal mit Problemen, um mich interessant zu machen. Ja, und dann küssten wir uns und ich musste ihr die Wahrheit sagen und offenbarte ihr mein normales Leben, und sie küsste mich noch mal und sagte, ich würde wie ein 16-Jähriger küssen, der noch nie ein ernstes Problem hatte, und so hat sie mich erwischt. Irgendwann war sie so besoffen, wie ich niemals in meinem Leben werden kann, und ich ging einfach, fiel von ihr ab wie ein loses Haar und schlich unbemerkt zum Ausgang. Ja, dieses Unbemerktsein, das ist das Allerschlimmste, verstehen Sie? Wissen Sie eigentlich, wie schlimm es ist, auf einer Party zu sein und mit dem Bewusstsein dazustehen, der einzige Mensch ohne ein Problem zu sein?» Die Reporterin schüttelt zart den Kopf, und es ist ein Wunder der modernen Kosmetik, dass sich ihr Kopf bewegt, aber nicht ihre Haare.

«Ich wäre gerne ein Problemkind gewesen, aber meine Eltern lieben mich und, was auch untypisch ist, sie lieben auch einander. Ja, können Sie sich vorstellen, wie man zum Beispiel auf einer Studenten-WG-Party in Gesprächen dasteht, die Scheidungskinder führen?» Pause. Schweigen. Der junge Mann trinkt Wasser, die Fragenstellerin bringt ihren Ausschnitt in Position.

«Ich habe einen Traum», fährt er dann fort und die Kamera zoomt etwas näher an sein verschwommenes Gesicht heran, «Krieg kommt, Soldaten töten meine Eltern, vergewaltigen vor meinen Augen meine Oma und hacken mir eine Hand oder so ab. Ein sichtbarer Makel entstünde, ich wäre glücklich. Was würde ich für so ein Schicksal tun ...»

Die Reporterin nickt ihre schweigende Zustimmung und ihre Endlosempathie im Fünfzehnsekundentakt in seine Ausführungen hinein und versucht, die vorherrschende Stimmung noch privatfernsehtauglicher zu machen. «Was ist denn das Allerschlimmste am Normalsein?» Pause. Er atmet. Sie schweigt, die Kamera verweilt still auf diesem Bild des verpixelten jungen Mannes und der empathischen Frau, die ihre Sympathie zur Zerbrochenheit des gebeutelten Studenten durch leicht mütterliche Blicke kundtut.

«Ja, wahrscheinlich ist es dieses Undefinierbare, vor dem man täglich steht. Wissen Sie, ich weiß nicht, wie es ist ein Problem zu haben, habe schon eine Therapie erwogen oder Hypnose oder dergleichen, um eventuell irgendeine frühkindliche Brisanz hervorzutherapieren. Irgendwas und sei es auch nur etwas Minimales. Ich brauche verdammt noch mal Abgründe, um Sinn zu haben.» Er schluckt, nimmt kurz einen Schluck Wasser und spricht dann weiter. «Aber stellen Sie sich vor, man findet nicht das Geringste bei mir, nicht eine einzige psychosoziale Auffälligkeit, nicht den Hauch einer Neurose oder dergleichen. Ich werde noch mehr am Boden sein, als ich es jetzt schon bin.»

Er weint wieder, weint laut und die Reporterin wendet sich an die Kamera, die ihr Gesicht heranzoomt, und sagt in einer Stimmlage, die auch imstande wäre, ein genozidales Massaker zu beschreiben: «Ich glaube, wir brechen das Interview hier ab. Ich bedanke mich bei Ralf K. Wenn ich ihm etwas für die Zukunft wünschen dürfte, wäre das irgendein Schicksalsschlag, der ihn interessant macht. Vielleicht eine sich direkt an das Studium anschließende Arbeitslosigkeit mit einhergehender Alkoholsucht.»

Aus dem Geheule fällt ein kindliches «Danke» heraus. «Das war *Große böse Schicksale* für heute. Wir bedanken uns fürs Zusehen, und wir wissen, es ist nicht leicht, normal zu sein.» Aus dem Off hört man ihn weinen, ihn, den vom Normalitätswahnsinn seines Lebens kleingestampften Ralf K. Und er sagt leise, fast unhörbar: «Ich habe Angst vor dem Rest meines Leben.» Die Reporterin nickt Betroffenheit in seine Richtung. «Nächste Woche bin ich zu Gast bei einer 21-jährigen Architekturstudentin, die an einer tödlichen Krankheit leidet. Schalten auch Sie wieder ein und erleben Sie *Große böse Schicksale*. Bis dahin alles Gute und leben Sie wohl.» «Ja.» Seine Stimme aus dem Off ist immer noch total verheult und tränenüberzogen.

Und irgendein Mensch schaltet den Fernseher aus. Und der Tag tröpfelt so vor sich hin wie der Tränenfluss des Normalen und es regt sich nichts. Weder an noch auf. Alles bleibt Beton. Kommen wir zum nächsten Wahnsinn, auf dessen Plattform wir in ein Gefühl schwimmen könnten, das uns vielleicht irgendwo noch berührt. Aber vom Normalisierungsprinzip ergriffen und dahingelähmt legen sich unsere Gefühlsapparate schlafen. Und wachen erst auf, wenn etwas explodiert …

Ich bin nur schön, wenn ich glücklich bin

Und wenn man sie fragt, was sie so macht, dann sagt sie: «Luftschlossarchitektur studieren.» Und sie hopst auf und ab wie ein Kind vor der Eisdiele, obwohl ihr Ausweisbild sie überzeugen will, dass diese Zeit schon lange vorbei ist. Endgültig. «Ja, ich studiere Luftschlossarchitektur, und ich liebe es.» Die Überzeugung, mit der sie diese Worte spricht, kann einem schon mal Angst machen. Die Realität ist eine Rampe, von der aus sie ihre geistreichen Raketen abschießt, mit denen sie sich locker macht. Locker und überlebensfähig.

Es ist so, dass die sie umgebende Welt *ihr* Angst macht, und zwar solche Angst, dass sie die Welt gegen eine Vorstellung von einer anderen Welt ausgetauscht hat, und jetzt steht sie neben mir und sagt: «Es gibt nichts Leichteres, als zu leben», und ich muss fast heulen ob der Einfachheit ihrer Gedanken, aber die verdammten Tränen bleiben im Kopf und schwängern meine ohnehin schon wackeligen Gedanken.

Wir gehen über den Weihnachtsmarkt. Wir stellen fest, dass das traurigste Lied aller Zeiten eine von einem 4-köpfigen Seniorenblasorchester gespielte Version von *O, Du fröhliche* ist. Es ist kalt, und wir halten uns an den Händen. «Mach dir dein Leben schön, denn du hast ein schönes Leben verdient», sagt sie dann noch, als wir vor einem Juwelierladen stehen und sie sich glitzernde Ohrringe anguckt und ihre schöne Nase an der fettigen Scheibe reibt. Ihre Nase ist, obwohl zweifach von irgendeinem Exfreund gebrochen, wirklich schön. Es ist eine einzigartige Nase, und sie, ja sie ist wieder auf der Flucht in ein Traumland. Man sieht es an ihren Blicken, die sie um sich streut, diese Blicke aus rosa Zuckerwatte, die sie immer schon hatte, auch jetzt, wo sie so schlimm krank ist.

«Komm wir essen was», zieht sie mich bewollmützt zu sich in ihre dürren Arme, und ich kann nichts essen, weil ich an ihren Satz denken muss: «Mach dir dein Leben schön, denn du hast ein schönes Leben verdient.» Sie kauft sich Crêpes und Popcorn und Fanta und hält das alles fest, und sie weist den Hunger von jemandem auf, der nur einmal wöchentlich, und zwar jetzt, isst. Anschließend ist ihr ein wenig schlecht, und ihr Körper weiß einen Moment lang nicht, was er mit dem ganzen Essen anfangen soll und beginnt ein wenig zu rebellieren, und wir setzen uns auf den Bürgersteig. «Es ist so wie früher», sagt sie mit einer leicht fremdartigen in Melancholie getauchten Stimme, «da saß ich hier rum, genau auf diesem Bürgersteig, und war ein zerrissener Punk und hab die Passanten angepöbelt.» «Ja, verdammt», ergänze ich, «und ich saß daneben und hatte die Ausstrahlung eines Abgrundes.» Wir lachen, und sie sagt: «Mir ist kalt», und ich kann nur sagen: «Ok, lass uns zurückgehen.»

Sie tanzt über den Weihnachtsmarkt, zerbrechlich, zu schwach zum Durchstarten, und von überall her kommen Geräusche wie Fritteusenzischen, Kindergeplärr und todtraurige Weihnachtsmusik, und es ist dunkel geworden. Die angehende Luftschlossarchitektin wirkt nach diesen Stunden etwas betrunken, obwohl kein Alkohol im Spiel war, und dann fragt sie mich: «Findest du mich eigentlich schön?» Sie nimmt ihre Wollmütze ab und ihr kahler Kopf kommt zum Vorschein. Tränen zucken. «Ja», sage ich und meine es endlos ernst. «Ich werde sterben», sagt sie noch sehr leise, und es klingt wie eine Lüge, die sie selbst nicht glaubt, «wahrscheinlich noch vor Weihnachten. Aber gut, dass du sagst, dass ich für dich schön bin. Denn ich bin nur schön, wenn ich glücklich bin.» In einer Geschwindigkeit, die wirkt wie die Zeitlupe einer Zeitlupe, drehen wir uns um und laufen bewusst dekadente Schritte in eine willkürliche Richtung.

Vor zwei Wochen hat ihr ein junger Arzt gesagt, dass es vielleicht noch zwei Monate sein könnten oder aber auch ein halbes Jahr. Und sie steht am Abgrund, die Füße sprungbereit beturnschuht und hat noch Zeit für die Ausstrahlung von lebenslänglich gespeicherter Freundlichkeit. Und hier, hier tanzt sie ihren Tanz, eingeschlossen in der eigenen Herzkammer, deren Wände mit Erinnerungsfotos zugekleistert sind.

Ich hoffe nur, dass sie noch ihre Diplomarbeit in Luftschlossarchitektur schreiben kann.

Der falsche Mensch und ich

Manchmal frage ich mich, warum aus Leben das wird, was aus Leben wird. Warum nicht einfach irgendetwas anderes mit so einem Leben passiert als das, was uns täglich mit der Faust des Schicksals niederschlägt.

Ich war mal Arzt, ein guter Arzt. Mein Feind war der Krebs, und die Kriege, die ich gegen diesen Feind führte, waren so unerbittlich, wie sonst kaum etwas in meinem Leben unerbittlich gewesen ist. Unerbittlichkeit fühlte ich damals auch, als mich meine Frau verließ. Wir haben immer viel miteinander gelacht, das war immer das Band zwischen uns, das schöne Lachen. Ich habe sie damals von einer Krankenschwester zur Arztfrau gemacht, und sie dankte es mir mit ihrer Fröhlichkeit, die sie in meinem Leben wahllos verteilte. Ihr sommerliches Gemüt war in der Tat der Grund, warum ich sie brauchte wie ein Fisch das Wasser. Ich fühlte mich schon immer etwas mehr der schattigeren Seite des Lebens zugewandt, und ihre manchmal unbegründet clowneske Fähigkeit, Situationen in ein helleres Licht zu setzen, rettete mir manchmal den Tag.

Warum sie letztlich ging, weiß ich nicht, ich saß auf einem Stuhl, als ich ihren Brief las, in dem stand, dass sie nun fort war und ich dachte an Gemeinsamkeit und an Zeitverstreichen und alles, was Menschen verbinden kann, Liebe zum

Beispiel. Oder Alkohol. Oder Krankheiten. Ich glaube auch, dass sie eine Vorahnung hatte auf das, was ich sein konnte, und auf meine Zerbrechlichkeit.

Eine Woche, bevor ich ihren Brief las, konfrontierte ich sie noch mit meinem sensiblen Humor. Sie kam schwer beladen und mit ihrem niedlichen Überarbeitungsgesicht von ihrer Nachtschicht, und ich hatte zwei freie Tage und kümmerte mich um den Haushalt. Ich spürte, dass es, je älter man wurde, immer schwieriger wurde, Sachen zu empfinden, und hatte die Idee, meiner schönen und überarbeiteten Frau einen Spaß angedeihen zu lassen, der vielleicht Hass provozierte oder irgendwas mit ihr oder mir machte, Hauptsache Bewegung, denn es war ein wenig still in letzter Zeit auf den Zwischenstufen der Empfindlichkeit, auf denen wir uns aufhielten.

Sie kam also nach Hause, und ich so: «Schatz, ich hab dir schon mal Wasser eingelassen.» Und ihr Überarbeitungsgesicht wurde ganz kurz ein wenig freundlicher, und sie taumelte ins Bad, kam aber mit einer kleinen Enttäuschung zurück, dass da kein Badewasser sei, und ich nickte nur so in Richtung Küche und konnte nicht aufhören zu lachen, und als ich lachte, spürte ich auch Schmerz. In der Küche dampfte es aus dem Spülbecken, und sie so: «Sehr witzig.» Ich lachte, als sei ich verrückt geworden, war ich wahrscheinlich auch schon; ich glaube, ich hatte keine Chance gegen die Leere, die in mir alles andere verdrängen wollte. Sie lachte ein wenig mit mir, und das war auch die letzte Möglichkeit überhaupt, in unserer

Gemeinsamkeit einen Witz zu installieren. Lebensfreude war ihr Geschäft, meines eher ein tristes vor mich hin Grübeln.

Ich bin seit Langem kein Arzt mehr, und nichts ist mir egaler als Krebs. Würde ich mal welchen bekommen, an der Lunge oder im Magen, das wäre gut, dann hätte ich wieder so was wie eine Aufgabe: Sterben nämlich. Sterben ist eine gute Aufgabe; wenn man mit dem Sterben beschäftigt ist, dann kann man nicht mehr viel anderes machen. Ich habe viele sterben und im Schmerz der absoluten Wahrheit einer Krankheit untergehen sehen. Jetzt wohne ich allein, und in mir ist es leer, also wirklich leer, ein Röntgenbild könnte das bestätigen. Nichts mehr drin. Alles weg.

Im dritten Stock dieses Hauses wohnt der falsche Mensch. Den hat man auch allein gelassen, so wie mich. Und der Mensch ist auch ohne Arbeit, so wie ich, und hat wahrscheinlich auch das Gefühl, eine Menge Zeit und zu wenig Leben zu haben. Eigentlich ist das ganze Haus voll mit falschen Menschen, wahrscheinlich bin auch ich nicht echt, weil es manchmal so ist, dass ich mich nicht spüre. Dann sehe ich mich an oder irgendetwas oder mein Leben und spüre nichts. Das ist sehr schlimm, einfach nichts zu fühlen.

Ich glaube, richtige Menschen spüren sich; wenn sie sich anfassen, dann bemerken sie, dass sie echt sind. Dieses Phänomen habe ich nur ganz selten, manchmal in Verbindung mit dem falschen Mensch. Wenn der nämlich hier ist, spür ich was, ganz kurz nur, und wenn er wieder weg ist, der falsche Mensch, ziehen wieder die üblichen Nebelschwaden durch mein Zimmer und die übliche Tristesse der Nichtanwesenheit des falschen Menschen macht sich breit.

Es hat vor ungefähr 30 Minuten an der Tür geklingelt und draußen stand der falsche Mensch. Der falsche Mensch hatte kaum etwas an und guckte doof aus schiefen Augen in meine Wohnung. Der falsche Mensch ist Alkoholikerin und verdient sich in meiner Wohnung Schnapsflaschen. Der falsche Mensch hat einen ausgezerrten Körper, ein Körper, wie er nun mal aussieht, wenn er seit 25 Jahren regelmäßig mit hartem Alkohol betankt wird. Das Skelett will nach draußen, der Kopf sieht aus wie ein Medizinball, aus dem nahezu alle Luft entwichen ist. Die Haut will runter von diesem Körper oder sieht einfach gestört aus; der ganze falsche Mensch stinkt nach Einsamkeit, Wahnsinn und Verlorenheit. Deswegen mag ich ihn, den falschen Menschen.

Ich weiß um den Fehler, den falschen Mensch in meine Wohnung zu lassen, aber uns verbindet etwas. Wir, der falsche Mensch und ich, haben ein Abkommen getroffen. Ein Abkommen, von dem wir beide was haben; ich erhalte einige Minuten Lebendigkeit und gebe ihr dafür die Getränke, nach denen sie begehrt. Wir sind beide absolut unterzeugt davon, dass das Leben etwas Großes ist. Wir sind vielseitig desinteressiert und noch mal genauso vielseitig desillusioniert.

«Das ist der falsche Mensch», schreit mein Bewusstsein, doch ich höre nicht auf die Momente, die Sekunden zu leben. «Falsch», schreit noch mal eine innere Stimme, und ich werde nicht unsicher zu tun, was ich tue, denn was ich tue, tue ich gerade triebhaft. Und wenn das hier der falsche Mensch ist, dann soll mein Schicksal mir das nächste Mal den richtigen Menschen vor die Tür stellen. Das kann doch nicht so schwer sein. Mein Schicksal aber stellt sich dumm an, selbst wenn man es in seiner Hand wiegt, um es in eine bestimmte Richtung zu werfen, fliegt es immer auf sehr dumme Ereignisse zu. Gibt es dumme Atome?

Da liegt der falsche Mensch auf dem Rücken, ein lustverzerrtes Gesicht macht dieser Mensch und freut sich über ihm angetane grobsanfte Berührungen der ungelenken Art. Und der Mensch, der es wissen müsste, dass da der falsche Mensch liegt, also ich, beschläft diesen falschen Mensch in Gegenwart der ignorierten Erkenntnis, dass es der falsche Mensch ist. «Falsch», schreit mein Bewusstsein etwas lauter, doch ich habe zu tun, grabe ein Loch in diesen Menschen, will versinken in diesem Loch, in diesem Menschen, in alle Ewigkeiten hineingleiten in diesen Menschen, die nächste Sekunde soll doch die allerletzte sein, und danach nur noch sterben, nichts mehr fühlen. Ich beschleunige meinen Takt, sie geht mit, erhöht das vaginale Kontraktionstempo. Das ist keine Liebe, das stinkt und mein Bewusstsein schreit aus tiefster Seele: «Falsch!!!» Ich antworte nicht, wem denn, ist doch eh keiner da in mir.

Ich kann mein Bewusstsein nicht anrufen, ist immer besetzt da, seit da eine mich lähmende Krankheit namens Depression alle Leitungen belegt hat, die Sau. Und alles Naive und Negative wird von meinem emotionalen Spamfilter geblockt. In ihrem Bewusstsein ist aber mehr los, als ich in ihr unterwegs bin, auf der Suche nach reizbaren Punkten über ihre Haut wandere, und ihre Seele ist kurz geöffnet und flüstert erst «gleich», dann in erhöhter Tonlage «noch ein bisschen», und schließlich «jeeeettttzzzt», und sie schreit etwas, was ich nicht verstehe, das aber nach gelebtem Sekundenloslassen klingt, und daraufhin verströme ich mich in ihr, überlasse dem Trieb das Königreich meines Willens und bin sogleich Prinz der Extase. Ich zucke, pulsiere, gleichzeitig frage ich mich, wofür eigentlich, was einen kurzen Moment danach wieder egal wird. Deswegen ist es gut, dass der falsche Mensch ab und zu mal da ist.

Der falsche Mensch stöhnt auf, als reiße man ihr die Bauchdecke auf und rühre in ihren Gedärmen herum. Gräbt dabei ihre Fingerkuppen ins Bettlaken. Aber sie ist noch ganz, die Frau, und freut sich über ihr angetane Triebhaftigkeit. Sie stinkt, wenn sie ausatmet, und das hat sie in den letzten drei Minuten ziemlich oft gemacht, dieses Ausatmen, und jetzt stinkt mein ganzes Zimmer. Unten stinkt sie auch, im Vaginalbereich mehren sich die Wasserspiele der durchlebten Lust. Aber es riecht nach einem heißen Tag in einem Kühlschrank ohne Strom.

Der falsche Mensch sieht aus wie ein Handtuch, mit dem man ein Auto von Taubenscheiße gereinigt hat. Aber wenn man sie richtig anguckt, sieht man unter diesen Dingen wie faltiger Haut, Ausschlägen, Unreinheiten und Ekzemen ein kleines hilfloses Mädchen, das im Supermarkt seine Mutter sucht oder in der Schule von anderen Mädchen in eine ihm unliebsame Ecke gedrückt wurde, um dort sein Pausenbrot mit seiner Lieblingsmarmelade abgeben zu müssen. Ja, ich kann sie sehen, den wahren falschen Mensch, der in einem alkoholkranken Körper eingesperrt ist, aber eigentlich ein überfordertes Kind ist. Aber es ist trotzdem legitim mit ihr zu schlafen, sonst würde ich nichts fühlen; ich fühl nur was in den Minuten auf ihr, in ihr. Wenn sie hier ist und alles vollstinkt, dann sind die Momente gut und etwas lebendiger als zuvor. Ein wenig ist es so, als ob sie mich am Leben hält ...

Da plätschern keine Liebeslieder. Da ist kein greifbares Glück in der Sehnsucht. Da ist nur was mit Leere. Es fühlt sich an wie Plastik in der Mikrowelle. Nicht gut, aber sehr. Das Gefühl nach dem Ineinandersein, der kleine Abschied, alles wie ein kleines, zaghaftes Sterben. Franzosen nennen das ja auch *le petit mort*. Kleiner Tod, der sich wie glückliches Sterben und anschließend wie unwohles Übriggebliebensein gleichzeitig anfühlt. Sekunden tropfen zäh von der Decke, bleiben zwar nicht stehen, wirken aber end- und namenlos. Zeit tickt, keiner brüllt die Sau an, mal stehen zu bleiben. Haltet den Dieb, mag mancher doch schon mal brüllen, wenn die Zeit sich mit einer geklauten Handtasche voller Leben davonmacht.

Wir liegen da, noch ineinander verkeilt, schwitzende verbrauchte Körper, die uns nicht zu gehören scheinen, die wir gern zurückgeben würden, umtauschen gegen funktionierende Leiber, die länger als Ewigkeit Lust ausstrahlen können. Aber in diesen sexuellen Dingen, da fühlen wir noch was, ein wenig Kleinigkeit, sonst ist es ziemlich leer und ekelhaft grau um uns. Der falsche Mensch will, dass ich rausgehe, und ich gehe raus, und sie zieht sich ihre Unterhose wieder an, in der ich hinten einen braunen Streifen gesehen habe, und läuft durch mein Schlafzimmer wie eine aufgescheuchte Ente und beginnt unharmonisch zu schnattern. «Wo ist der Schnaps?», fragt sie mich, und ich zeige auf die Tür und sage: «Küche, Kühlschrank», und keine zehn Sekunden später höre ich, wie die Kühlschranktür aufgerissen wird und ein Schraubverschluss auf den Boden klimpert. Dann ist es still. Da ist ein Druckgefühl in meinem Herzen.

Etwas später liegt sie in meiner Küche, hat viele kleine rote Pickel am Arsch, ihrem Genitalbereich sieht man noch meine lieblose Behandlung an. Sie hat organischen Kontrollverlust erlitten, eine Ladung Kotze spricht davon. Da röchelt sie ein Lied, der disharmonische falsche Mensch. Und sie liegt da, weil sie nach dem Brechen zusammenbrach, und jetzt liegt sie hier und rührt sich nicht, wahrscheinlich ihr angestrebter Idealzustand. Etwas Blut schimmert in ihrer Kotze.

Im Moment interessiert sie mich nicht, ich gehe zurück in mein Bett und decke mich bis zum Hals zu, der Kopf liegt in der Kälte des Lebens, der Rest meines Körpers schwitzt im Fickbett. Aus der Küche höre ich sie stöhnen und irgendwas sprechen, was aus ihrem Mund quillt. Dann höre ich sie röcheln, kotzen und erneut zusammenbrechen. Die Decke ist warm.

Ich habe Liebe in mir, aber die habe ich irgendwo vergraben, wo ich sie nicht mehr wiederfinde. Seit Jahren ist da, wo mein Herz sein sollte, ein Klumpen Fettgewebe, ein undurchblutbares Undurchdringbarkeitsgebiet. Ich leide daran, klar leide ich. Ich sehe Lebende und Liebende, jeden Tag, und er sieht sich als lieblosen Leichnam, auch jeden Tag. Nicht gut, unwürdig so zu sein, aber so was von Realität. Aber ich habe auch Hoffnung. Keine Liebe oder so soll mich retten, nein, nur ich selbst kann mich stark machen und habe das eines Tages auch vor; wenn die Tage leiser werden, dann, ja dann werde ich mich um mich kümmern – wenn die Tage leiser werden und ich mich auf mich konzentrieren kann. Der falsche Mensch ist nicht mehr zu hören. Aber ich weiß, dass sie irgendwo in meiner Küche liegt.

Es ist gegen 18 Uhr und externe Einflüsse sind nicht vorhanden. Ich bin in mir und ruhe nicht, da ist kein Frieden, weil ich als laufende Masche in etwas verstrickt bin, was sich absolut ungutes Leben nennt und mich mitreißt, obwohl ich einfach mal ausruhen müsste. Ein Kreislauf nicht endender Gedanken zelebriert zirkulierend sein Schlachtfest in meinen Eingeweiden. Die Depression, die von mir Besitz ergriffen hat, hat keine Lust, mich freizulassen, und ich bemitleide mich selbst. Sie umarmt mich in meinem Bettenlager, hat eine Kraft, die stärker als die Erdanziehungskraft zu sein scheint. Ich fühle mich wie Beton, wie graue Tapete, wie grau tapezierter Beton, die menschliche Hülle und das innere, schwer zu ertragende Gewicht meines Daseins sind unerträglich. Es folgen Sekunden, in denen man unbedingt sterben will, und in diesen Sekunden denkt man, dass es nur fünf Schritte bis zur Küche sind, und da ist das Messer in der Schublade und ein gezielter Schnitt und ein wenig Blutfluss, an dem man eventuell sogar noch Spaß empfindet, weil er auf ein reguläres Ende zuströmt. Dann beendet man diesen Gedanken wieder und wird zu einem Molekül, das doof und behäbig im Raum schwebt, unfähig zu jeglichem Kontakt mit sich selbst, geschweige denn zu anderen Gegenständen oder Menschen.

Ich sehe auf meinem Radiowecker, dass es 19 Uhr 17 ist, und ich liege immer noch in dieser Position, der Rücken tut weh, ich habe Hunger, ich würde gern rauchen, aber ich bleibe im Laken, still verharrend, nackt und denkend. Immer nur denkend und immer nur nackt. Im Nebenraum steht der falsche Mensch auf, geht zur Tür und geht raus. Es ist 20 Uhr 37, und ich bin zu schwach, um aufzustehen. Ich kann meine Beine nicht kontrollieren, mein ganzer Organismus, alles an mir ist mit diesem dummen Denken beschäftigt. Die Depression hält mich fest wie ein durchgeknallter Triebtäter.

Es wird langsam 22 Uhr 13. Ich liege noch immer in dieser Position und die Gedanken drehen ihre Kreise wie Kettensägen in Gedärmen. Das Gefühl, das mich am Aufstehen und am Leben hindert. Ich fühle mich wie ein Zombiefilm mit viel zu langsamen Splattereffekten. Immer nur in der Sekunde gefangen, in der Sekunde vor dem Auftreffen der Axt in den Kehlkopf. Immer nur dieser Zeitpunkt, als Endlosschleife. Ich denke an meine Frau, die gegangen ist, und eigentlich will ich jetzt mal endlich weinen, weil ich glaube, dass das helfen würde, aber die Feuchtigkeit der Tränen steckt fest im Kopf, ich kann sie nicht flüssig machen und rausrinnen lassen.

Es wird 23 Uhr 56, und ich muss die Toilette aufsuchen, müsste ich eigentlich, denn es klopft ein Harndrang an, schon seit ungefähr 15 Minuten klopft und schmerzt es in der Blase. Ich fürchte mich, fürchte mich vor einer weiteren Egalwerdung, und dann tue ich es, ich lasse es laufen. In entspannter Wärme gestaltet sich eine Urinpfütze um meinen Unterleib. Ganz warm und nass. Grenzüberschreitung deluxe. Keiner da, der mich hindert, keiner da, der mir diesen Ekel reflektiert. Ich pisse mir ins eigene Nest, mache es voll; die Blase freut sich – zumindest einer, der sich freut, denke ich und schwimme in einem See aus Gleichgültigkeit. Irgendwann schlafe ich ein, höre den falschen Mensch oben erst ein Möbelstück verschieben und dann hinfallen.

Draußen dämmert es ein wenig. Es dämmert so, als würde sich der Morgen schämen, die Nacht endlich besiegt zu haben. Ich wache auf in eben jener Position, in der ich auch eingeschlafen bin, und stinke und weiß aber sofort: Was passiert ist, ist nicht passiert. Was soll auch schon passiert sein? Der falsche Mensch war zu Besuch, hat eine Ladung Kotze und ihren üblen Geruch hinterlassen wie ein nierenkranker Hund. Und ich habe mir ins Bett gepisst, einfach so. Eine stumpfe Kälte kriecht in mich, und ich rieche wie eine Toilette im Waisenhaus.

Mein Herz hat einen kaum wahrnehmbaren Rhythmus. Hier ist nichts geschehen. Zumindest nicht in meiner Wahrnehmung, in der ich einfach mal Kaffee trinkend meine Küche und auch mein Gehirn durchlüfte. Da liegt die Ladung Kotze vom falschen Mensch mitten in der Küche. War was? Nein. Die Wahrheit anzuerkennen, die eigene Therapiewürdigkeit, dies ist ein weiterer Schritt. Aber Schritte zu gehen ist grad so anstrengend. Nach dem Konsum einer Tasse schwarzen Kaffees gehe ich ins Schlafzimmer, mache auch hier das Fenster auf und ziehe die durchnässte, gelb getönte Bettwäsche ab, die ich ins Badezimmer trage. Es fühlt sich kurz an, als trüge ich Schuld, aber ich weiß, dass nur andere Schuld zu tragen haben, ich niemals. Ich mag nicht noch eine weitere Nacht in einem Bett schlafen, in dem es nach dem falschen Mensch riecht. Dass ich ins Bett gepinkelt habe wie ein kleiner Junge, der nicht imstande ist, seinen Harndrang wahrzunehmen, ist keine Wahrheit, an der ich mich beteilige.

Ich bin auch ein falscher Mensch geworden. Ich treffe keine moralischen Entscheidungen mehr. Warum auch. Es geht prima ohne dieses ganze verkehrte Wertesystem der Moral. Wenn man sich selbst erst mal vollständig egal wird, ist einem schon mal massiv geholfen.

Da ist die Küche, ein Küchentisch, darauf die Tasse Kaffee. Immer noch Uringeruch in der Luft, der aber langsam milder wird. In der Küche gibt es auch einen Kühlschrank, in den ich gemeinhin Dinge tue, die mich gesund erhalten sollen: Aufschnitt, Gemüse, Bier, Brotaufstriche. Als ich ihn öffne an diesem Morgen finde ich nichts Ansprechendes, dafür aber Ansprechbares.

Wissen Sie, dann treffen mich Gespräche, die ich mit den Kolleginnen führe. Diese Gespräche, die mir vor Augen führen wollen, dass mein Leben nur die Hälfte anderer Leben wert ist. Vielleicht aber auch so viel wie andere Leben, aber während ich mir über Werte von Leben Gedanken mache, leben andere ihre Zeit leer, und ich fühle mich danebenstehend und deswegen verbringe ich diese Samstage manchmal – wenn ich nicht zu Hause vor dem Radio hocke und den Bundesligaspieltag konsumiere – mit Herren aus dem Internet. Herrenbekanntschaften aus dem Internet. Aber zurück zu den Gesprächen, die mich treffen. Wir behandeln einen Komatösen, der an ein Beatmungsgerät angeschlossen ist.

Kollegin A zu Kollegin B und mir: «Bei der Schulze-Westrick von 251 muss noch mal der Amputationsverband erneuert werden. Ich hab übrigens damals meinen Mann verlassen, weil seine dauerdepressive Stimmung einfach nicht mehr auszuhalten war. Heute bin ich glücklich mit diesem jungen Arzt, ihr kennt den doch, Peter, der Bodybuilder. Ich kann euch sagen, der hat's drauf ...»

Kollegin B zu Kollegin A und mir: «Ja, der Stumpf hat sich leicht entzündet, aber das kriegen wir hin. Natürlich kenn ich Peter, die halbe Station war doch hinter dem her. Übrigens, ich und Olaf sind total glücklich, seit er seine Samenleiter hat durchtrennen lassen, endlich kein Verhütungsstress mehr. So eine Vasektomie ist schon großartig.»

Ich zu Kollegin A und zu Kollegin B und überwiegend aber zu mir: «Habt ihr das Champions League-Spiel am Mittwoch gesehen? Ach, is ja egal. Ja, das mit dem Verband, ich übernehme das dann gleich wohl.» Ich dachte an meinen letzten Sex vor ungefähr sieben Monaten, als ich einen Armstumpfverband erneuerte, auf dem eitrige Tropfen sichtbar waren.

Es ist ja nicht so, dass ich es nicht versuchen würde. Nur manchmal bleibt die Würde auf der Strecke und man begegnet Leuten, die «Würde» nur als Konjunktiv kennen. Und ich warte auf Diskothekentanzflächen und zeige die Oberfläche meiner Haut denen, die sie sehen wollen. Ich bin doch auch nur ein Mädchen, das sich danach sehnt, schon vor dem Zähneputzen aus wirklicher Liebe zu ficken. Also direkt nach dem Aufwachen, also noch vor dem Gedanken an einen Kaffee. So was will ich, und das Suchen macht so verdammt müde.

Da saßen wir dann. Oh Gott, oh nein. Dieser Typ und ich, und über dem Tisch hing ein riesiges «Warum?» in Leuchtschrift. Er war eine dieser Internetbekanntschaften, die einem erst nach drei Mails wirklich gut und positiv auffallen und die dann, in einer intelligent fordernden Art, sein Glück in der persönlichen Begegnung zu suchen gedachten. Er war der «Happy End Boy», zumindest so sein Nick, und er kannte sich in allen mich interessierenden Gebieten vorzüglich aus.

Dass ich mich als Frau für Fußball und speziell für die Leiden des FC Schalke 04 interessierte, schien ihn zwar zu verwundern, aber mich auch irgendwie in das Licht seines gehobenen Interesses schweben zu lassen. Leider hatten wir keine Bilder ausgetauscht, das wäre von Vorteil gewesen. Jetzt saßen wir hier und ich sah ihn verstohlen an, er guckte voller Einfühlsamkeit zurück und schnell versteckte ich mein Gesicht in einer Café au lait-Tasse, damit der Blick nicht zu sehr in mich reinging. Der Blick, dieser Blick war unheimlich. Irgendwie unrein und damit beschäftigt, seine Umwelt zu verdauen. Verdammter Blick.

Irgendwas stimmte nicht mit ihm; ich meine, man kann ja verschieden große Augen haben, kann man wirklich, sieht auch manchmal toll aus, nur wenn das eine fast zu und das andere aufgerissen ist wie bei der Betrachtung einer Massenkarambolage auf der A 46, dann stimmt was nicht. Der Rest vom Gesicht stimmte auch nicht. Es war schief, als wollte er einen *Picasso* darstellen mit seinem Gesicht, als wollte er zwar menschliche Züge haben, aber irgendwie auch verweigern. Der Mund war nicht in der Mitte des Gesichtschauspiels, der war eher links. Die Ohren hatten auch nicht die gleiche Höhe, die Nase war kaum als solche zu erkennen. Er sah ein wenig aus wie ein Puzzle, das ein Zweijähriger zusammengesteckt hatte – alle Teile waren zwar vorhanden, aber da, wo er sie hinmachen wollte, passten sie nicht, also da gehörten sie genetisch gesehen auch nicht hin, und der Puzzlefanatiker hat dann einfach sein Fäustchen der Gerechtigkeit gehoben und den Puzzleteilen mal erzählt, wo hier der Hammer hing. Die Natur hat manchmal wirklich Humor. Der *Happy End Boy* auch, aber muss er ja auch, sonst müsste er sich in einem Keller einschließen und Chips essen und die ganze Zeit tolle Videos auf YouPorn gucken, dann um seinen Computer tanzen und noch mehr Chips essen, sich samenspendabel ergießen, Cola trinken; und wenn die Mutter an die Tür klopft, um eine Tasse Kakao zu bringen oder zum Abendbrot aufzufordern, dann würde er brüllen: «Hau ab, du Gerümpel.» So wäre ein Leben eines humorlosen Gesichtsopfers, und ich bereute meine Zusage zu diesem Treffen beim Blick in sein «Gesicht.»

Gefühle wurden im Lauf des Gesprächs Fremdsprache. Was hatte mich nur an diesem Typen fasziniert? Der Mann erzählte, erzählte laut und heiter von seiner Leidenschaft für den FC Bayern München, die er mir bislang verheimlicht hatte. Ich wollte ihn nicht auf sein Gesicht ansprechen, und er war so vertieft in sein Schicksal als Fan der definitiv falschesten Mannschaft der Bundesliga.

Viel schlimmer war aber: Wie sagt man jemandem, dass er einem körperlich vollständig unangenehm ist, ohne dabei seine eigene Würde aufs Spiel zu setzen? Also wie kommuniziert man sein Unbehagen bezüglich optischer Unbehaglichkeit und streut gleichzeitig die Menschlichkeit ein, die einem auch nicht passt? Also ohne dabei die Optik oder den Charakter zu beleidigen? Es sind Gefühle wie diese, dieses nicht anecken wollen, die mich in Schreck- und Wirrnisse stürzen, die doch bestimmt meine Kolleginnen im Krankenhaus nicht haben. Die verlassen Männer, die ficken Männer, gerade so, wie es ihre Herzen spontan entscheiden.

Mein Kopf, so weiß ich, hat sehr viele Zimmer, aber keines sollte von ihm jemals bewohnt werden. Ich verfluchte insgeheim diese Internetbekanntschaftssache und die damit einhergehenden Problemveranstaltungen wie diese hier.

Dann erzählte er mir von seinem Unfall. Ein großer Stein. Die Baustelle. Sein Gesicht. Aha. Dann waren da Operationen, und das Endergebnis saß jetzt vor mir, und ich fragte mich, ob er gerade lächelte oder böse guckte, ich konnte in dieser Mimik nicht lesen, ging nicht. Ich trank Kaffee, das Gesicht war jetzt sogar fast interessanter als seine Worte. Er erzählte mir kurz die medizinischen Daten und dann wurde er persönlich und sein Gesicht bewegte sich kreisförmig vor meinen Augen. Augenblicke voll gruseliger Kuriosität taten sich auf, eine offene Wunde, die sprechen konnte, Teufel, Heiland, allerlei. Ich fühlte mich so weltfremd wie ein Lehrereinzelkind. In mir kam eine leichte Melancholie auf, die aber für nichts Befindlichkeitsausdrückendes zu reichen schien.

Ich sah ihn heute zum ersten und auch zum letzten Mal, ich wollte mich ja verlieben, mit Nachdruck sogar; ich suchte einen Mann voller Sensibilität und Stärke, aber es gibt Leute, da gibt es kein Gefühl zu. Zu diesem Mann hatte ich Gefühle, aber eher so Gefühle wie Mitleid, und zwar Mitleid in der

Form von Gefühlen, die man zu einem Igel hat, der sich über die Straße trollt und über den man nahezu unabsichtlich mit 47 km/h mit dem Auto drüberrauscht und sich dann im Rückspiegel das Häufchen Elend hinter einem anschaut und dann sieht man noch drei Igelkinder hinterhertollen und die rufen «Mama, nein, warum?!!», und so ein Gefühl tat sich gerade in mir auf. Das war kein schönes Gefühl. Ich fühlte mich ein bisschen erinnert an soziale Späße der Form: Es sind doch die inneren Werte, die zählen. Ging aber nicht, wenn man durch das dichte Geäst der undichten Mimik keinen Weg zu schlagen imstande ist.

Ich wusste genau, wenn ich ihm sagen würde: «Ich möchte dich nicht wiedersehen, und zwar wegen deines Gesichts», würde ich ihn in ein verlässliches Unglück stürzen, eines, das er vielleicht schon einige Male als emotionales Tal erfahren hatte. Wenn ich ihm aber sagen würde: «Ich mag dich nicht, weil du mir als Fan von Bayern München moralisch unangenehm bist», dann würde er vielleicht sogar draufkommen, in Bezug auf seine Fußballverständnis falsch zu liegen, und es vielleicht sogar revidieren. Ich hätte ihn immer noch am Arsch kleben anschließend. Ich machte mir, während er auf mich einredete, Gedanken darüber, wie ich ihm am charmantesten entkommen konnte.

Er schien es aber nicht zu merken, quasselte fröhlich über sein kleines bayrisches Dorf, das gute Essen da, seine liebevolle Mutter, die ihm für lange Zugfahrten immer Leberwurstbrote schmierte, und selbst heute auf der Fahrt zu mir hätten sich Leute im Zugabteil aufgeregt über den Gestank der Leberwurstbrote, und er lachte nur oder schaute grimmig – so ein Gesicht ist ja vielseitig interpretierbar – und sagte: «Die Leute wissen einfach nicht, was gut ist.» Irgendwas stach mich im Magen. Ich dachte an dieses Gesicht, wie es Leberwurstbrote aß, und es stach weiter im Magen. Jetzt richtig fies und andauernd. Gigantischer Kackreiz machte sich breit. Ich versuchte zu entspannen und merkte, wie es im Enddarm anklopfte. «Würde gern die Welt sehen», sagte der Stuhlgang, und ich sagte: «Nicht jetzt, ganz unpassend grad», aber er marschierte fröhlich weiter. Kacke, dachte ich und Kacke dachte: Jau, jetzt ma, und ich sprang in einer Bewegung auf, das Leberwurstbrotgesicht starrte mich erschrocken oder belustigt an – ich weiß es einfach nicht –, und ich sagte was von Toilette, schwitzte, der Darm bewegte sich, ich schob den Stuhl beiseite, der Stuhl schob mich beiseite.

Schnelle Schritte, die Notwendigkeit von Keramik. Der Kaffee, der Stress? Ich wusste es nicht. Glaubte nur, dass dieser Stress, mit diesem Gesicht rumhängen zu müssen, und das falsche Pflichtbewusstsein dafür mehr Stress auslöste, als mich irgendeine Entspannung derzeit entspannen könnte. Das Gesicht sah mir nach, wie ich Treppen runterging, und ob es zufrieden aussah, kann man nicht sagen.

Unten dann, da war was frei, aber hinsetzen konnte man sich hier nicht. Ging nicht, hier machen auch Frauen mit Hygieneverweigerung Pippi und Stuhlgang, und mit denen und deren verpickelten Ärschen wollte ich nicht den Sitz teilen. Also stehend, lieber stehend kackend. Deckel auf, Hose runter und dann kam ein Schwall übel riechender brauner Suppe aus meinem Anus gesuppt, gepresst gar, der seines Gleichen suchte. Ich traf, und zwar alles. Fliesen, Scharniere, hochgeklappter Deckel, Klobrille, meine neuen Schuhe, überall verteilte ich braune Punkte und Schlieren. Ich schwitzte, es dauerte, immer wieder kamen neue Stöße dieser Substanz aus mir raus, und der Krampf im Bauch löste sich ganz langsam.

Fertig. Irgendwann war ich fertig, Klopapier gab es in diesen großen Metallspendern, die sich als silberfarbener Kasten an der Wand finden. Meiner war nur noch zu einem Viertel mit einlagigem Toilettenpapier gefüllt. Ich musste sparsam haushalten. Ich rollte, ich putzte, ich war sauber und dann, dann sah ich mein Werk.

In meiner wohl viertelstündigen Kackaudienz hatte ich diese Kabine in ein Kunstwerk verwandelt. Subtil schönes Universum. Eine (b)anale Erzählung von der Kunst der Enddarmausscheidung. Es glich einem Massaker, was sich vor meinem erschöpften Auge auftat. Braun gesprenkelte Keramik, auch die Fliesen hatten was abbekommen. Andy Warhol wäre stolz auf mich, aber den gab es ja leider nicht mehr. Ich sah mir alles an, es roch wie Dinge, die in mir waren und aufgrund einer zu hektischen Verdauung in die Atmosphäre entlassen wurden. Druckausgleichskunst. Ich nannte es spontan: Die Unruhe eines Magens und weitere Verbrechen an der Weiblichkeit. Es gefiel mir, ich fotografierte das mit meinem Handy, vielleicht würde das irgendwann ein begehrtes Bild werden oder ich schenke es diesem Bernemann, der macht daraus ein Buchcover, die Sau. Das würde zu ihm passen in seiner beschissenen Destruktivität. Das Bild war schön, aber so konnte ich das ja nicht hinterlassen. Ich hab ja so was wie Anstand, und die Minuten, in denen das Bild da war, die gehörten eh nur mir, und das war's wert. Draußen vor der Türe hörte ich Stöckelschuhklappern und unruhiges Gemurmel der wartenden Frauen. Es wurde gehüstelt, immer wird gehüstelt, was soll dieses Gehüstel?

Ich hatte natürlich in meiner hausfraulich ausgebildeten Art und auch aufgrund meiner eigenen Hygienebefindlichkeit das Bedürfnis diesen Ort zu hinterlassen, wie ich ihn vorgefunden hatte. Wie sieht das denn aus? Du kommst aus einer Toilettenzelle, in der gerade große, flüssig-braune Kunst passiert ist, und die nächste geht rein und kann vielleicht mit dieser Kunst gar nichts anfangen, weil sie möglicherweise eher auf Action Paintings mit Damenbinden steht, oder so. Reste des Klopapiers halfen mir, die Sache wieder zu säubern. Am schlimmsten waren die Metallscharniere des Klodeckels. Weil meine analen Hinterlassenschaften so dünn waren, war das Zeug schon hart geworden, also musste ich scheuern und knibbeln. Ich scheuerte und knibbelte, es ging. Das Klo sah nach ungefähr 20 Minuten wieder so aus, als sei grad die bekittelte Alte hier reingegangen, um den Feuchtlappen zu schwingen. War sie aber nicht, die saß weiterhin draußen und lächelte nur, wenn 50 Cent-Stücke in ihre Kaffeeuntertasse fielen. Soll noch mal einer sagen, ich könne nicht Haushalt.

Es roch aber noch so, wie ich von innen roch, nach Herzlichkeit und Kaffee, und wer denkt, das stinkt, ist selber schuld. Ich fand, es roch nach Mensch, Menschen riechen eben. Auch mal so.

Treppen hoch. Oben war das gleiche Caféhausgetümmel wie vor circa 20 Minuten anwesend. Das Leberwurstbrotgesicht schüttete Kaffee in sich, blickte auf die Uhr, war wohl doch etwas nervös geworden. Fremde Stadt, fremde Menschen, sein Alleingelassensein, das machte ihm Kummer. Ja, und sein Gesicht, das machte ihm auch Kummer, aber seine Waffe war ja der Humor. «Ah, da bist du ja schon», sein Gesicht machte wieder einen Ausdruck, der unidentifizierbarer kaum sein konnte, und ich setzte mich wieder in den Lauf seiner Blicke. Mein Café au lait war kalt, ich trank ihn trotzdem.

Wir zahlten. Ich war blass, er nervös. Alles war nicht gut. Er roch nach Leberwurst. Sein Schicksal ist unteilbar, zumindest für mich. Ich hatte alle Empathie, die ich jemals besessen hatte, da unten im Keller ausgeschissen. Wir waren jeweils in Überlegungen verstrickt, die das jeweilige Gegenüber nichts angingen.

Etwas später verließ ich das Gesicht, dessen Leberwurstigkeit ich kaum mehr ertrug. Ich stand an einem Scheideweg, kreativ perverse Menschen nennen so was *Fotzenpfad*. Ich musste einfach weg von seiner Opfermentalität, der ich schon so viel Zeit geopfert hatte, ich meine, ich bin 34 und ich werde auch nicht jünger, und in seiner Gegenwart hatte ich eher das Gefühl, rasanter zu altern.

Wir waren noch ein wenig durch die Stadt gegangen, nachdem wir im Café mit getrennten Rechnungen bezahlt hatten. Ich zeigte ihm einige Läden, und er fragte mich ab und an was Seltsames über mich, zum Beispiel wie meine Wohnung roch. «Nicht nach Leberwurst», sagte ich, und sein seltsames Gesicht versuchte ein Lachen. Der Humor war gründlich abgefrühstückt, der Vorrat an guten Vibrationen, sofern es sie überhaupt gegeben hatte, restlos verbraucht.

Wir waren schließlich in einem Buchladen, ich zeigte ihm Literatur, sogar Picasso-Bildbände – ich dachte dabei, dass er vielleicht Leute da drin entdeckte, die ihm gefielen –, aber er gaffte mich an, als wollte er mich essen, ich gaffte nicht zurück. Ich war nicht sicher, was da in seinem Denken stattfand, aber ich glaube, ich wollte mich mit diesen Inhalten nicht anfreunden. Ich war ja auch auf der Suche nach etwas Haltbarem, Gehaltvollem und nicht nach einem Leberwurstbrotjungen, der es nicht geschafft hatte, sich von seinem Schicksal abzukabeln. Ich war trotzdem immer noch höflich zu ihm, denn Höflichkeit ist ehrliches Lügen.

Ich simulierte schließlich mit meinem Handy einen mich erreichenden Anruf und spazierte aus seiner Sichtweite, vorbei an der Spiegel-Bestseller-Liste, an den Zeitschriften, da war die Ausgangstür und dann, ja dann rannte ich. Ich schaute mich nicht um, ob mich sein Leberwurstatem verfolgte. Ich werde ihn nie wiedersehen, aber wünsche ihm hiermit alles Gute. Auch mein Mist wird nicht ewig währen, denn Ewigkeit, du bist zu lang. Kurz und schmerzvoll halten Gedanken in meinem Kopf Einkehr, die manchmal mehr wiegen, als ich tragen kann. Kluge Menschen sagen ja: Trag nur, was du auch heben kannst. Vielleicht weicht sie nicht aus einem, diese kleine, mädchenhafte Naivität, die Suche nach dem Abenteuer, bis man seinen Johnny Depp-Märchenprinzen im Arm umschlungen festhält und das Leben in eine gemütliche Schlussphase eintritt, deren einziger Spannungsfaktor es ist, ob man zum Italiener oder zum Chinesen geht am Samstagabend. Ich glaube, es gibt Menschen, die derlei Lebensentwürfe für verwerfliches Verachtungsgut halten, ich aber habe eine omnipräsente Sehnsucht nach diesem frühzeitigen Ausscheiden aus dem Suchenmüssen, denn darin befindet sich eine Anstrengung, die sich auf Dauer von meiner Würde ernährt.

Drei Tage später hatte ich einen gar grausamen Traum: Der Leberwurstmann mit dem Unfallgesicht und ich waren verheiratet und hatten vier Kinder, die alle aussahen und rochen wie er. Er war glücklich und zeigte mir das den ganzen Tag. Später waren wir dann in der Oper und wurden von einem befreundeten Pärchen gefragt, ob wir öfter mal in der Oper wären, worauf mein Mann nur antwortete, dass wir sehr selten rausgingen, die meiste Zeit brächten wir fickend auf dem Sofa zu ... Er lachte, sonst niemand, und ich schämte mich – dann war der Traum zu Ende. Irgendwie gewöhne ich mich auch an dieses Alleinsein.

Klebendigkeit

... nach einer erfundenen Begebenheit

Vorhin hat sogar schon jemand Silbermond aufgelegt. Und ich denke: Oh Gott!!!, und Gott denkt: Was hab ich damit zu tun? Recht hat er. Und er zieht sich zurück und an seiner Zigarette und beobachtet, was er einst erschuf, und dann kommt er vielleicht sogar drauf, dass er diese kleinen Widersprüche mag, zum Beispiel dass Leute in Cannibal Corpse-T-Shirts zu Gisbert zu Knyphausen-Konzerten gehen und dass die Möglichkeit besteht, dass es sich dabei nicht um einen Widerspruch handelt, sondern um Richtigkeit. Gott guckt so rum, und irgendwie ist er auch auf dieser Party unterwegs und entschleunigt kurzzeitig unsere Leben, wenn wir über ihn nachdenken.

Die Musik ist schlecht, irgendwer hat auf seinen Mp3-Player die miesesten Dancebeats der 90er-Jahre geladen, und genau diese Scheiße daddelt auf einer fetten Stereoanlage überlaut durch eine Privatwohnung im Münsterland. Draußen hat vorhin ein Feuerwerk ein neues Jahrzehnt an- und explosionsartig verkündet, dass sich schon wieder nichts ändern wird. Und hier drin erwarte ich folgenden Anruf: «Hallo, hier ist der schlechte Geschmack der 90er-Jahre, ich hätte gern meine Plattensammlung zurück.» Neben uns steht ein Punk, der laut brüllend «I know what I want and I want it now» von Culture Beat mitsingt, und seine Stimme klingt nach einer gut geteerten Lunge. Durch Beschleunigung des Lebens entsteht der Eindruck von Bewegung. Und die Romantik, es sich zu erlauben, auch mal an Gott zu denken, ist die Reaktion auf die Beschleunigung in der Bewegung.

Ja, die Romantik, die brauche ich, um es hier auf dem Land gut zu finden. Ich argumentiere immer so, dass ich als Künstler doch immer eines konkreten und romantischen Rückzugsortes bedarf, und das ist eben diese kleine Zehntausendseelengemeinde, die für mich den *Soul* hat, den ich in Hamburg, Berlin oder Leipzig vermisse. Und er, der seit Jahren in Berlin wohnt, sagt nur: «Alter, willst du wirklich dem Ende der Welt in dieser Kleinstadt begegnen? Dorf statt Stadt, oder wat?» Ich sehe mich um und finde diese, seine Frage ziemlich gerechtfertigt, und ich frage mich, was mich hier auf diesem Boden festhält.

Zwischen Party und Problemen, da halten wir uns auf in unserer sich längst schon auf dem Weg nach nirgendwo befindlichen Jugend. Da brechen einfach mal so, feuerwerksbeschienen, neue Zeitalter an. Epoche um Epoche findet hier eine Beschleunigung statt, und wir stehen mittendrin, knietief in Lebendigkeit, und was uns am Leben hält, sind die schönen Dinge zwischen der Leere. Und auch der Umstand, bereits ein Alter vorweisen zu können, in dem man von sich behaupten kann, dass man schon beizeiten seine Jugend durch Erfahrung ersetzt hat.

«Deine Klebendigkeit ist ja so was von absurd», schreit er mich an, um die Bassbox direkt neben unseren Köpfen mit seiner Stimme zu übertönen. Es ist Silvester und alle tanzen, als gäbe es kein Morgen, und irgendwo riecht es nach Feuer, aber das könnte auch der Typ sein, der vor der Heizung liegt und im Takt der Beats seinen Hinterkopf an den Heizkörper trümmert. Der ist nämlich vorhin neben dem Lagerfeuer, das wir draußen aus alten Weihnachtsbäumen gemacht haben, eingepennt, und wenn wir ihn nicht zurückgerollt hätten, hätten wir die erste Brandleiche 2011 zu beklagen. Irgendwas ist mit seiner Visage nicht in Ordnung, er sieht aus, als hätte er mal einen Gesichtsdesign prägenden Unfall gehabt. Ich glaube, er mag es sich zu zerstören. Er ist so breit, wie ich seit Jahren nicht war, seine Artikulation beschränkt sich auf gegrunzte Vokale und tatsächlich: Er trümmert im Takt von *Mr. Vain* seinen Hinterkopf an den Heizkörper. Ich denke über seine Worte nach und ja: Ich bin klebendig.

Er ist einer meiner besten Freunde, das weiß ich, deswegen darf er mich auch an rauschhaften Abenden bis aufs innerlichste Innerliche kritisieren. Diese Freundschaft ist, wie sich in die Hose zu pinkeln: Jeder kann es sehen, und es entsteht immer wieder wahre Wärme.

Er ist damals nach Berlin gegangen, irgendeine Kunstscheiße machen. Heute malt er dort alternative Galerien voll, schreibt irgendwelche Großstadtblogs, fotografiert sein urbanes Umfeld und lebt irgendwie in diversen WGs, schläft mit diversen

Frauen und nennt das sein Leben und freut sich darüber, dass so viel passiert, und verdrängt vielleicht seinen innersten Schmerz durch die große Rotation, die in so einer Großstadt stattfindet. «Komm nach Berlin, Alter.» Und ich stehe da, als müsste ich jetzt das Herz meiner Mutter brechen.

Meine Klebendigkeit, so sagt er noch, nerve ihn gewaltig an mir. Es sei ungefähr so, bekräftigt er mit irren, von diversen alkoholhaltigen Mischgetränken inspirierten Handbewegungen, die ihm verhältnismäßig gut stehen, wie sein Arbeitskollege, der in den letzten Tagen gemutmaßt hatte, dass nicht er Schuld an den Veränderungen seiner Person habe, sondern lediglich dieser mieseste aller bekannten Umstände: das Zeitvergehen. Jaja, denke ich, tickende Uhren sind unsere Feinde, gerade wenn sie den Umstand beticken, dass endlich eine Entscheidung her muss.

Diese Passivität, mit der viele unterwegs sind, dieses kaninchenhafte Aufschrecken, wenn mal was explodiert, und dieses Sich-sonst-um-mal-gar-nichts-außer-sich-selbst-und-sein-neues-iPhone-Gekümmere, das erkenne ich manchmal auch bei mir selbst, und ich suche dann aber nach Befreiung, nach dem Weg raus aus der Stagnation, dennoch klebe ich, wie so viele, auf dem Boden der Tatsachen fest. Die optionale Vielfalt, die man so hat, die macht einen alt und unbeweglich. Ich fühle mich erschöpft, sage ich, und er sagt, er wisse schon, woran das liege.

Er nämlich, mein Freund, er scheint es irgendwie hinzubekommen, das mit dem Leben; er steht da wie ein stolzer Soldat, das Mischgetränkeglas in der Hand, entweder Philosophisches oder Humoreskes absondernd. Sein Herz ist nicht wie das meine, dieser dumme, dichte Wald, dem man ausgeliefert ist, in dem man ständig Gefahr läuft, sich zu verlaufen; nein, sein Herz ist eine Autobahn. Betoniert, disziplaniert und mindestens vierspurig. Und immer zielgerichtet.

Mich nach Lösungsvorschlägen erkundigend hält er mir erst mal eine Zigarette vors Gesicht, die ich dankend annehme, und dann zeigt er auf mein Herz und erklärt mir wortreich, dass die Lösung in mir sei, da drin und so, und ich halte das für ein mögliches Ziel. Ich ahne, was in den großen Leben anderer Menschen passiert und was in meinem passieren könnte, und bin in mir und frage mich durch zu meiner Lebensqualität, die in einer Ecke meines Herzens sitzt, leicht zusammengedrückt vom steten Pumpen eben jenes Organs und ein Schild in der Hand hält, auf dem zu lesen ist: Das Erzwingen cooler Strategien gleicht dem angestrengten Warten auf den Tod.

Wir schweigen, die Musik ist laut und irgendwie studentisch pseudointellektuell. Dann steh ich kurz da, sehe diverse Leute irre tanzen und dazu höre ich in ohrenbetäubender Lautstärke R.E.M. mit ihrem wohl besten Lied: «It's the end of the world as we know it an I feel fine.» Es stinkt. Ich rauche. Mein ganzes Leben stinkt grad irgendwie, wie ich so dastehe in diesem Wohnzimmer dieser münsterländischen Land-WG und versuche, Klarheit über einen Standort zu bekommen. Und dann spüre ich den Zustand der Klebendigkeit an meinem Körper, direkt und unmittelbar. Durch verschüttete Bier- und Weinreste ist der Fußboden der betanzten Wohnung mit der Sohle meiner Turnschuhe zusammengewachsen.

Ich versuche, meine Turnschuhe vom Boden zu heben – negativ. Mein Standort an der Box neben ihm und rauchend wird mir plötzlich zuwider, aber ich kann mich nicht bewegen, kann nicht weg von diesem Ort, von diesem Getöse, das sich nunmehr in kreischenden 80er-Jahre-Metal gewandelt hat und eine Schrecklichkeit offenbart, die ihresgleichen sucht. Ich spüre eine aufkommende Metalohrentzündung. Noch ein Versuch den Standort zu wechseln, egal wohin, Hauptsache weg – noch mal negativ. Er sieht mich an, wie ich da so rauche und zucke, und er zuckt auch, aber mit den Schultern und sagt dann: «Ich geh mal pissen.» Er macht eine Handbewegung, die man perfekt mit den Worten: «Selber schuld, Flachwixer» untertiteln könnte. Wäre unser Gespräch ein Tischtennismatch, hättest du gerade den entscheidenden Punkt gemacht. Zerschmetterball ...

Ich stehe da, wie der besoffene Idiot, der ich bin, und schaue mit spätjugendlicher Kulleräugigkeit in das Partygeschehen. Der zerstörte Typ an der Heizung, den übrigens irgendeiner, der auch hier im Urlaub ist, kurz vorher kennengelernt und dann mitgebracht hat, bangt head und hinterlässt dabei eine Blutpfütze an der Heizung, die sich langsam zu einem See um ihn herum gestaltet. Niemand stört sich daran. Der Typ ist dermaßen in seinem Sitztanz gefangen, dass er wahrscheinlich nicht mal merkt, wie er um sich sein Blut verströmt. Mann, so weit weg sein vom Leben, wie toll war das, und dann bin ich im Kopf kurz wieder 16 und sehe mich über Landstraßen von Landjungendpartys kommen und fühle mich unbesiegbar.

Weiter hinten stehen zwei Mädchen, die auf ihn zeigen und sich hinter ihren kleinen, manikürten Händen in Rage lachen. Neben dem Typen liegen zerschlagene Gläser und zertretene Erdnussflips. Ich stehe da, unfähig mich zu bewegen, und dann spielt jemand *Champagne Supernova* von Oasis, und eigentlich will ich tanzen, weil der Größenwahn dieses Liedes meiner Besoffenheit entspricht, und ich entsteige meinen Turnschuhen, laufe durch zerbrochenes Glas und steige über alkoholisierte Menschen, stehe dann neben so einem zotteligen Typen, der wohl zu allem tanzt, umarme ihn, und er will mir einen Zungenkuss geben, weil er mich wohl für jemand anderen hält, und ich löse die Umarmung, aus Sicherheitsgründen breite ich meine Arme wie ein flugbehinderter Adler aus und brülle: «How many special people change?/ How many lives are living strange? Where were you while we were getting high?» Ein raketenartiger Schub Leben durchflattert meine Venen.

Und dann finde ich es doch wieder gut, ich zu sein und vor allem hier zu sein, mit Socken durch Erdnussflips und Scherben zu tanzen und der Klebendigkeit fürs Erste entkommen zu sein. Ich begrüße das neue Jahr und das neue Jahr begrüßt mich und langsam freunden wir uns an wie Bauern und das Wetter.

Der Einzige, der jetzt noch ich bin, bin ich. Silvesternächten haftet immer eine Überdosis Sentimentalität an. Man umarmt fremde Leute, kuschelt mit guten Freunden, die ansonsten unglaublich homophob sind, und tanzt zu Scheißmusik. Aber wenn man damit fertig ist, ist es gut, das erlebt zu haben.

Fünf Wochen später bin tatsächlich wieder nach Berlin gefahren. Die Großstadt legte wieder von Anfang an eine Decke der Unbehaglichkeit über mich; ich das Dorfkind in ständiger Furcht vor der eigenen Unzulänglichkeit im Land der Stylevorlagen. Die Buntheit, Lautstärke und all die anderen stadttypischen Merkmale wollen mich auch diesmal von Anfang an in die Ecke der nervösen Zappeligkeit stecken. Ich glaube, ich bin da einfach zu sensibel für, und atme lieber am Fluss bei mir zuhause, als bei Starbucks Freundlichkeitsfloskeln zu empfangen, die von Menschen gesagt werden, die sich eigentlich keine Freundlichkeit leisten können. Nur Verliererinnen werden Kassiererinnen, und wir sitzen dann da mit Kaffees, deren Namen ich mir nicht merken kann. Wir reden über seine Kunst, und er behauptet, dass seine ganze kompakte Kunstscheiße allesamt fehlgeschlagene Revolutionen sind. Ich finde diesen Vergleich sehr gut, und dann fragt er mich, wie es denn mit meiner Kunst so läuft, und ich kann grad nicht antworten, denn ein kurzer Blick in seine Musikzeitung hat etwas sehr Trauriges zu sagen. Da ist jemand gestorben, dessen Lieder ich mochte, ganz zurückgezogen gestorben gar und wir schweigen und die Schreck- und Tobnisse, die draußen stattfinden, sind für einen Moment der impulsiven Trauer nicht zu hören.

Dann wenden wir uns wieder dem Tagesgeschehen zu. Er sagt mir: «Weißt du, das Mädchen, mit dem ich gerade affärenmäßig immer wieder die Zeit still ficke, weißt du, was ich mir jedes Mal wünsche, wenn ich in sie gleite?» Ich zucke mit der Schulter, und er ergänzt: «Ich wünsche, ich könnte sie eines Tages wirklich lieben. Und weißt du, was seltsam ist? Je härter ich sie ficke, umso mehr wünsche ich mir, ich könnte sie aufrichtig lieben.» Ich frage mich daraufhin, ob es wirklich die Stadt ist, die ihn so ausgehöhlt hat.

Die eine Frau da

Früher war ich mal verliebt in die eine Frau da. Die war nicht schön, aber sie war so anders, deswegen musste sie gar nicht schön sein, damit ich mich in sie verlieben konnte. Sie ignorierte alles, was andere für gewöhnlich und gut hießen, wie zum Beispiel Bausparverträge, Krankenversicherung und Obst, stattdessen mochte sie Dinge wie Jägermeisterfrühstück, Risikoschwangerschaft und Lady Gaga. Es war nicht so ein Verliebtsein, wie das Verliebtsein in eine Frau, auf der man Turnübungen veranstalten mag, damit sie anschließend dehydriert an einem klebt, sondern die eine Frau da war eine, bei der man so was überspringen wollte und gleich einfach sein minimales Mobiliar in ihre Wohnung platziert und gesagt hätte: «Yo, du eine Frau da, ich leb jetzt hier, wir sind jetzt eine Gemeinsamkeit.» Aber die eine Frau da war so unnahbar wie Jochen Distelmeyer. Außerdem war die eine Frau da fast 25 Jahre plus eine Alkoholabhängigkeit älter als ich. Und viel hübscher als Jochen Distelmeyer.

Die eine Frau da war in einer Band und machte Indiepop. Auf der Bühne hatte sie ein blaues Kleid mit gelben Blumen an und hüpfte auf und ab wie ein Kind, das vor einem Hornissenschwarm auf der Flucht war. Dazu sang sie: «Ich habe immer nach einer Ästhetik gesucht, die anders ist und sich nicht auf sicherem Terrain bewegt, die keine Geschmäcker bedient oder einen Stil bloß optimiert.» Dann schrie sie und warf was um, eine Monitorbox, einen Gitarristen oder sich selbst. Das gefiel mir, und meine Liebe zu der einen Frau da, von der ich wusste, dass sie immer sinnlos bleiben würde – die Liebe, nicht die Frau –, wuchs wie eine Pilzfamilie auf der feuchten Waldlichtungswiese.

An einem anderen Tag saßen die eine Frau da und ich in einem Café, und sie sagte Sachen wie: «Meine Lieder kann man nicht in Stadien mitsingen, das finde ich gut», und: «Pornografie ist ja, neben Selbstmord, der verzweifeltste Schrei nach Aufmerksamkeit», und: «Ich will nicht sagen, dass alles, was ich tue, automatisch legendär ist.» Dann schwieg die eine Frau da und guckte wie ein behindertes Mädchen, das zwischen zwei Glasscheiben auf die Fläche eines großen Mikroskops gepresst wurde.

An einem ganz anderen Tag gingen die eine Frau da und ich einkaufen. Wir standen in einem Buchladen und die eine Frau da fing laut an zu erzählen, wie sehr sie Hesse mochte und dass ihr Lieblingsbuch *Das Glasperlenspiel* sei, und dann ging sie in die Comicabteilung und sagte zu einem dicken Kind: «Vorhin hab ich versucht, Spiderman anzurufen, der hatte leider kein Netz.» Das dicke Kind verstand, dass die eine Frau da eine tragische Figur war, lachte aber nicht, weil nichts lächerlicher war als ein Kind, das einen Witz nicht verstand und trotzdem lachte. Das dicke Kind verstand das und guckte die eine Frau da an und sagte: «Ruf ihn einfach später noch mal an. Wahrscheinlich ein Funkloch.»

Die eine Frau da erzählte, als wir bei Kaffeerösters Home saßen, von ihrem behinderten Bruder, der jetzt Tierpräparator war. «Sein Chef sagt, er sei ein Ausnahmetalent.» Und dann lachte die eine Frau da, bis sie fast kotzte, und spuckte ihren aufgeschäumten Milchkaffee in meine Richtung. Sie lachte wie ein Kind, das seine Beine beim Kick auf die Tretmine weggesprengt bekommen hatte und für das jetzt neue in Aussicht standen, welche aus Robotermaterial. Die eine Frau da, die war manchmal so außer sich, dass sie Probleme damit hatte, wieder in sich zu kommen; deswegen mochte ich sie so gern, weil ich ja jemand war, der eher in sich verkehrte und nicht so sehr draußen zu Hause war. Man mag ja oft Gegenteiliges.

Häufig war die eine Frau da scheiße gelaunt und redete vom Drang, sich wehzutun. «Vielleicht kann deine Kunst dich retten», schlug ich der einen Frau da vor, und die schüttelte so energisch den Kopf, dass ich fast befürchtete, er würde gleich abfallen. Wir saßen auf einer Parkbank und fütterten Enten mit Weißbrotresten vom Vorvorvortag. «Kunst», so sagte sie und hob dabei ihren linken Zeigefinger, «Kunst hat noch keinen gerettet. Menschen, die Kunst machen, machen nur Schwierigkeiten.» Ich berichtete ihr, dass meine Kunst mich schon mal von böseren Drogen als Cola befreit hatte, und die eine Frau da lächelte und sagte: «Dann hast du eben Glück gehabt.»

«Weißt du», schrie mich die eine Frau da eines Tages an, als wir uns am Rande einer antifaschistischen Demonstration aufhielten, «ich habe in letzter Zeit häufiger den Eindruck, dass sich manche Leute gern hinter ihrem moralischen Linksding verstecken und sich damit Pseudointellektualisieren, nur weil sie zu feige oder aber zu dumm sind, sich mit wirklicher Politik zu beschäftigen.» Ich sah sie nur an, irgendeiner brüllte «Alerta, alerta antifascista!» und machte ein unglaublich wichtiges Rufzeichengesicht dabei. «Aber ignorieren dürfen wir diesen Scheiß hier niemals», sagte ich dann. Worauf die Staatsgewalt in Form ausschlaggebender Cyborgs über uns hereinbrach.

Wir gingen einmal in einem anderen Park spazieren, die eine Frau da hatte ihren einen Hund da dabei, und der sah aus wie eine Wärmflasche mit Füßen, und ich wollte ihn treten, weil er so ein dreistes Ding war. Die Wärmflasche drängte sich zwischen uns, und als ich seines Erachtens der einen Frau da zu nahetrat, bellte das flaschenförmige Tier wie bekloppt und machte Anstalten, mir Bisswunden im Unterschenkelbereich zuzuführen. «Poppy mag dich nicht», sagte sie zwischen zwei Zigarettenzügen und lächelte dabei, als ob es normal wäre, dass mich Geschöpfe, die Poppy hießen, bellten und wie Wärmflaschen mit Füßen aussahen, nicht mögen. «Ich mag Poppy auch nicht», gab ich ihr zu verstehen, und Poppy hüpfte auf und ab wie ein durchgeknallter Fußball, und ich wollte ihn treten, aber was hätte das geändert.

Die eine Frau da erzählte mir von Angstzuständen, die häufig bei ihr zu Besuch waren, und auch wenn sie die Angstzustände mit Jägermeister und Artverwandtem beträufelte, gingen sie nicht weg. «Wenn ich mal nicht mehr da bin», sagte mir die eine Frau da mal, als wir auf ihrem großen Bett Erdbeerkuchen aßen, «also so richtig tot, dann musst du was über mich schreiben, dass alle wissen, wie toll ich war. Aber sag nicht, dass ich Lydia heiße.» «Wie soll ich dich dann nennen?» «Nenn mich, wie mich mein erster Mann genannt hat, bevor er mich richtig kannte, nenn mich die eine Frau da.»

Die eine Frau da ist gestern gestorben, sie hatte ein großes Leben und einen kleinen Hund. Als sie merkte, dass nichts mehr hilft und sie nichts mehr weiterbringt, hat sie sich überlegt, sich auf Bahngleisen aufzuhalten, während da Güterverkehr ist. Mir hat sie zuvor noch eine Postkarte geschrieben, auf der zu lesen war: «Verzeih. Ich hatte Ärger mit den Bildern, die sich mein Leben schimpften. Der Hund ist gut versorgt, er hasst dich noch immer. Deine eine Frau da.»

Das Wasser ist kalt und Else lächelt

Der alte Mann ist nicht zuhause. Seine rustikal eingerichtete Wohnung wird von dicken, roten Vorhängen in eine subtil schöne Dunkelheit getaucht. Da ist der Eichenschrank, darauf das Foto eines alternden Paares. Der alte Mann und die Seine, die Else. Wenn man ganz genau hinguckt, ist auf Elses fotografiertem Körper ein mittlerweile angetrockneter Kussabdruck zu sehen.

... und dann kam er zurück aus diesem Krieg und wartete auf ein anderes Leben, und er sah die Narben an seinen Armen, wo man durchgeschossen hatte, und hörte immer noch die Schreie derer, die ihre Arme und Beine in der Ukraine eingebüßt hatten, und er roch an seiner Mutter und es gab Kartoffeln und Fleisch, und er ahnte, was es hieß, wirklich mal Glück gehabt zu haben. Die Zeit damals war zäh und tropfte so dahin, und man hatte zu tun mit Aufbau, Umbau, Anbau und dem Abbruch der Gedanken an irgendeine Art von Sieg. Mit dem Verlust einer Ideologie und eines brutalen Krieges hatte man ein Leben gewonnen.

Und dann war da dieses Volksfest, und Trunkenheit war so kurz nach dem Krieg immer noch etwas, was zum Verdrängen der Tatsache, als Deutscher grundlegend verarscht worden zu sein, zählte. Ach, was haben sie getanzt und das Orchester hat einen Walzer gespielt, und die Else in seinen Armen wurde herumgewirbelt und war bis zur Kopfkante mit unbekannten Gefühlen voll, die aber alle in Rot- und Orangefärbungen daherkamen und sie tanzend machten. Wie erhitzte Butter, so weich fühlte sie sich, so unglaublich fließend und dann geschah: Liebe. «Mädchen», sagte der Mann damals, «Mädchen, ich kann nicht ohne dich nach Hause gehen.» Die Else verstand das, und es war dem Mann, als atmete sie Licht aus. Auch wusste er, dass es noch viel heller werden würde, wenn dieser Atem nur beschleunigt würde ...

Was für ein Fest doch diese Hochzeit war. Alle waren gekommen und gut, man hatte nicht viel Geld und der Gebrannte, der kostete ja auch nicht viel, und geschlachtet haben noch beide Familien selbst, und sie haben getanzt, die ganze Nacht, und getrunken und gesungen und sich Liebe versprochen und gewusst, dass es sich dabei um Versprechen handelt, die trotz größtmöglicher Tragik in irgendeiner kaputten Option des Lebens einzuhalten sind. Das waren die Zeiten, in denen Versprechen noch etwas galten, wo ein Kuss vor Gott ein Siegel war, ein Band. Liebe war dort nicht unbedingt etwas Kuscheliges, nein eher etwas Rustikales, etwa wie eine Eichenschrankwand, von der man weiß, dass sie da auch noch in 50 Jahren stehen wird. Sie wird unmodern werden, aber bleiben.

Die Geburt wurde als schwierig bezeichnet, die Else wirkte, als sei sie Hunderte von Kilometern gelaufen, einen Rucksack voller Steine auf dem Rücken, und auch das zweite und das dritte Mal wirkte sie wie eine Frau, die weiß, wie sich

Schmerzen anfühlen, und das Leben quoll blutüberströmt aus ihrem Unterleib und zitternd und blau wurde Familie ein Monument. Ihn erinnerte das ein wenig an Gefechte, die er im Krieg zu bewältigen hatte. Ja, Leben auf die Erde zu pressen war wie ein Maschinengewehr zu betreiben, das in eine anonyme Menge unbekannter Schicksale gehalten wurde, um das eigene Bestehen zu gewährleisten. Es war dem Mann ein wenig peinlich, das zu denken, aber er kam und ging von allein, dieser Gedankenprägedruck.

Dann auf der Kirmes und arbeitslos, und die traurigsten aller Blicke waren die, die ihn trafen, weil das Kettenkarussell ohne die Kinder durch die Luft wirbelte; die konnte man schwer ertragen, diese Blicke, und dachte, verzeiht mir das, bitte verzeiht mir das, aber die Blicke kannten kein Erbarmen. Kinderaugen waren das Ehrlichste, was es zu erfahren gab. Als wieder Arbeit da war, fuhren sie einmal hundert Kilometer zu einer anderen Kirmes und das Leuchten der Augen war das Schönste aller Geschenke.

Sie hatten einen kleinen Garten, darin Blumenbeete und die Möglichkeit, Gemüse hochzutreiben. Die Else steckte so gern ihre Hände in die braune Muttererde, und irgendwann kam sie dahergelaufen und wollte Tomaten anpflanzen, der Mann aber wollte das nicht, und man stritt ein wenig über die Notwendigkeit eigener Tomaten. «Wenn du Tomaten willst, dann geh doch in den Supermarkt, da liegen die Dinger haufenweise rum.» Die Else war eine gute und kompromissbereite Frau, und so kaufte sie weiterhin im Supermarkt ihre Tomaten. Der Mann hasste Tomaten, immer schon.

Einander nicht nerven, einander ergänzen. Den Moment nicht verpassen, wegzugehen, kurz aus der Szene zu treten, wenn man dann doch mal nervte. Einander treu und ehrlich in die Augen sehen. Treue war ein Selbstverständnis. Wo hätte der Mann auch hingehen sollen? Immer, wenn der Schlaf kam, fühlten sie sich wie Teelöffel in der Besteckschublade. Sie vorne, er dahinter, die Kinder in Frieden und in ihren Zimmern, und das schönste aller menschlich möglichen Gefühle baute ein Haus und sang ein Lied über schlafenden Leibern.

Das Leben war ein Fluss, hatte eine Quelle, einen Verlauf und einen Zielort. Sich an seinem sicheren Ufer aufzuhalten, das konnte einem die Tage aufwerten, und darum ging es den beiden, nicht nur das alles hier durchstehen, nicht nur irgendwie überleben, die Zeit war doch vorbei, nein, es ging auch darum, dem Leben eine gewisse Qualität abzuringen, die in Küssen oder dem gemeinsamen Essen in gutbürgerlichen Lokalen bestand. Der Mann führte die Else gerne aus.

Die Eltern starben nach und nach und Erdgruben wurden dafür ausgehoben und man öffnete Särge, gab Verwandte hinein, gab diese in ein Loch und Abschiede wurden begangen, und jedes Mal riss die Sentimentalität der schmerzvollen Vergänglichkeit kleine Löcher in die Else und den Mann, aber sie waren imstande, die beiden, diese Löcher mit Gemeinsamkeit und Liebe wieder aufzufüllen. Nie ganz, aber immer so, dass es weniger wehtat. Die Sterblichkeit der anderen war eine Sache, mit der man gemeinsam Umgang pflegte, und als die letzte mögliche Mutter in die Erde glitt, hielten sie einander am Grab die Hände, und die Else weinte, aber der Schmerz war halbiert durch den festen Händedruck des Mannes, der an ihrer Seite wirkte. Auf Friedhöfen steht man nicht alleine da. Zumindest nicht gern.

Da kam dann doch noch so ein Tiefpunkt im Sturzflug auf sie hereingesegelt. Sie hatten ja diese Tochter, die ja Musikerin war, und der alte Mann und die Else beknieten sie anfangs noch, sie solle doch etwas Bodenständigeres machen, diese Kunst, die sei doch so haltlos wie Segelfliegen ohne Wind. Aber nein, nein, nein, so schrie die dicke Tochter, das alles gehöre zu ihr, das alles sei in ihr gewachsen, und dann wurde den beiden weich am Herzen, als sie ihr Kind so über Kunst reden hörten. So sang sie dann auf Bühnen, und die Else und der Mann verstanden nicht so recht, was das für eine Kunst sein sollte, spürten aber die Leidenschaft, und somit war alles gut und wurde erst wieder ungut, als in irgendeiner Nacht dann ein Anruf kam, dass die Tochter eine Kollision mit einem Zug gehabt hätte, die für sie tödlich verlaufen sei. Aber da war in diesem großen Meer aus nicht zu trocknenden Trauertränen auch eine winzige Insel des Verstehens, auf die sich die beiden retten konnten. Allein die Existenz dieser Insel konnte die Trauer bewältigen.

Zusammensein heißt im Verstehen, im Nicken, im Empfinden etwas Gemeinsames zu erfahren. Das Tier, das an einen gewachsen war, nie zu einem Untier reifen zu lassen, und so streichen die Jahre und noch wissend, wie es war, dieser eine Urlaub, als die übriggebliebenen Kinder schon auf eigenen stolzen Beinen durch ihre gut geplanten Leben liefen, und vor den Augen den Ozean, der eine Orange verschluckt, um sie am nächsten Morgen wieder auszuspucken, und die Definition von Glück ist, zu wissen, was hinter der Ecke des Denkens seines Gegenübers auf einen wartet.

Und dann war da dieser eine Tag. Jeder hatte zwei Einkaufstüten dabei. Sie standen an dieser Ampel, und die Else war mit dem Andauern ihrer Lebenszeit schon mal ein wenig langsam geworden, aber Grün ist doch gehen, oder? Grün ist gehen, Rot ist stehen, es war Grün und die Else ging, ging zwei Schritte, und dann kam etwas angerauscht, was die Else erfasste und auf den grauen Asphalt presste, und darauf stand: Wir liefern ihnen frische Tomaten. Unter dem Tomatenlastwagen lag dann die Else, und Blut und Angst standen in ihrem Gesicht wie entschlussunsichere Senioren auf der Tanzteeveranstaltung, die sich fragen, ob es jetzt noch lohnt, auf die Toilette zu gehen, oder ob man es einfach laufen lässt, alles einfach laufen lässt und lieber noch ein Schlagerstück ins Herz rein lässt, bevor einem beim anstrengenden Toilettengang nur eine Prise Gefühl flöten geht. Ein Rettungswagen kam, die Else wurde unter dem Laster hervorgezerrt und der alte Mann stand auf dem Bürgersteig und hob die Kartoffeln auf, die die Else fallen gelassen hatte. Der Mann hasste Tomaten. Immer schon.

Die Else an den Schläuchen. Der alte Mann sagte zu irgendwem: «Ich mag das Wort Hoffnung nicht, es klingt für mich nach Illusion, und das ist selten was Positives. Ich finde ja, mit Hoffnung verhält es sich ähnlich wie mit der Liebe, alle wünschen es einem, weil sie meinen, das sei was Gutes. Es wird idealisiert und systematisch wird nur eine Seite der Medaille beleuchtet. Ich verstehe das nicht und finde das nicht gut, denn es ist eine gefährliche Sache, nur zu sehen, was man will, und den Rest auszublenden. Ich ertappe mich ständig beim Hoffen und fühle mich um den dazugehörigen Rest betrogen. Was also für Sie Hoffnung sein mag, ist für mich Betrug.» Der dem Mann Gegenüberstehende sah die Wand an.

Er stand neben ihrem Bett. Irgendetwas beatmete sie, weil die Else zu schwach dazu war, das selbst noch zu übernehmen. Ihr Gesicht war immer noch das Gesicht des schönen Mädchens vom Tanzabend. «Mädchen», sagte der alte Mann, «Mädchen, ich kann nicht ohne dich nach Hause gehen.» Die Else verstand das, und es war dem Mann, als atmete sie Licht aus. Auch wusste er, dass es noch viel heller werden würde, wenn dieser Atem nur beschleunigt würde ... piiiieeeep. Else schläft. Sie ist wunderschön. Was fällt dir ein, so schön zu sein? Bis bald.

Der alte Mann steht auf der Brücke und weint. Die Else unter der Erde. Das ist definitiv Betrug und der infrage gestellte Gott schweigt in einer Lautstärke, dass der Mann sich jede weitere Anfrage an ihn vorbehält. Was bleibt, ist Betrug, findet der Mann und fliegt. Das Wasser ist kalt und Else lächelt. Der Körper treibt. Richtung Ozean. Im Frühling wird man den alten Mann finden, vielleicht. Richtung Ozean. Der verschluckt Orangen, der Ozean, und spuckt sie wieder aus.

Der alte Mann ist nicht zuhause. Seine rustikal eingerichtete Wohnung wird von dicken, roten Vorhängen in eine subtil schöne Dunkelheit getaucht. Da ist der Eichenschrank, darauf das Foto eines alternden Paares. Der alte Mann und die Seine, die Else. Wenn man ganz genau hinguckt, ist auf Elses fotografiertem Körper ein mittlerweile angetrockneter Kussabdruck zu sehen.

KOPFSCHUSS
OLIVER DREYER

An seinem 18. Geburtstag erledigt Mathias erst den Abwasch, dann etliche Mitschüler und Lehrer. Auf der Abschussliste: fünf Arschlöcher.
Die sollen büßen!
Für das, was sie ihm angetan haben. Was er nicht ahnt: Es gibt noch eine Todesliste. Mit seinem Namen darauf ...

Aus der Perspektive des Amokläufers verwischt Oliver Dreyer die Grenzen zwischen Täter und Opfer, Fantasie und Realität – verstörend.

KOPFSCHUSS
OLIVER DREYER

Taschenbuch (TB)
12 x 18 cm, 176 Seiten
ISBN: 978-3-86608-143-7
9,95 Euro [D]
10,30 Euro [A]

CH BIN SCHIZOPHREN ND ES GEHT MIR ...

B, 12 x 18 cm, 224 S.
weite Auflage verfügbar
SBN: 978-3-86608-107-9
K: 9,95 Euro

ICH HAB DIE UNSCHULD KOTZEN SEHEN

TB, 12 x 18 cm, 128 S.
siebte Auflage verfügbar
ISBN: 978-3-937536-59-0
VK: 9,95 Euro

UND WIR SCHEITERN IMMER SCHÖNER

TB, 12 x 18 cm, 128 S.
dritte Auflage verfügbar
ISBN: 978-3-86608-054-6
VK: 4,95 Euro

OGELSTIMMEN
RK BERNEMANN

Bernemanns neuestes Werk über Menschen mit Vergan-
eit, die erkennen, dass sie auch Menschen mit Zukunft
önnten ...

ich dachte: ein Frühlingstag. Ja, ja, ja, ein Frühlingstag.
Iai hat seine Mitte erreicht. Doch was bringt die Mitte
Mais, wenn es so was wie Vergänglichkeit gibt, wenn
von der Mitte eines Mais schon das Ende eines Novembers
nen kann?»

VOGELSTIMMEN
DIRK BERNEMANN

Hardcover (HC)
12 x 18 cm, 288 Seiten
ISBN: 978-3-86608-135-2
14, 95 Euro

FICKEN UND STERBEN
JON ØYSTEIN FLINK

Wenn man vorhat, sich umzubringen, sollte wenigstens die richtige Musik dazu laufen. Zu dumm, wenn der iPod auf Shuffle steht und ein fröhliches Lied die lebensmüde Stimmung zunichtemacht.
Wenn einem also nicht nach Leben und nicht mehr nach Sterben zumute ist, was bleibt dann noch, außer Sex?
Und in dieser Situation ist es auch schon egal, mit wem man fickt.

Jon Østein Flinks drittes Buch – das erste, welches ins Deutsche übersetzt wurde – hat 2009 den Norwegischen Youth Critics' Prize gewonnen. Übersetzt wurde das Buch von Gabriele Haefs.

FICKEN UND STERBEN
JON ØYSTEIN FLINK

Hardcover
12 x 18 cm, 144 Seiten
ISBN: 978-3-86608-146-8
12,95 Euro [D]
13,40 Euro [A]